爸爸讲给孩子的红军故事

胡世宗 著　盛元富 图

中原出版传媒集团
中原传媒股份公司

大象出版社
·郑州·

图书在版编目(CIP)数据

爸爸讲给孩子的红军故事 / 胡世宗著；盛元富图. —
郑州：大象出版社, 2021. 6（2023. 12 重印）
 ISBN 978-7-5711-1055-0

Ⅰ.①爸… Ⅱ.①胡… ②盛… Ⅲ.①革命故事-作品集-中国-当代 Ⅳ.①I247. 81

中国版本图书馆 CIP 数据核字（2021）第 097111 号

爸爸讲给孩子的红军故事
BABA JIANGGEI HAIZI DE HONGJUN GUSHI

胡世宗　著
盛元富　图

出 版 人	汪林中
策划编辑	张桂枝　邓艳谊
责任编辑	邓艳谊
特约编辑	元　元
责任校对	毛　路　李婧慧　张迎娟
装帧设计	王晶晶

出版发行	大象出版社（郑州市郑东新区祥盛街 27 号　邮政编码 450016）
	发行科　0371-63863551　总编室　0371-65597936
网　　址	www.daxiang.cn
印　　刷	河南瑞之光印刷股份有限公司
经　　销	各地新华书店经销
开　　本	890 mm×1240 mm　1/32
印　　张	6.5
字　　数	81 千字
版　　次	2021 年 6 月第 1 版　2023 年 12 月第 5 次印刷
定　　价	21.00 元

若发现印、装质量问题，影响阅读，请与承印厂联系调换。
印厂地址　武陟县产业集聚区东区（詹店镇）泰安路与昌平路交叉口
邮政编码　454950　　　　　电话　0371-63956290

长征，这部远去的传奇，

值得我们永远崇敬和怀念。

✉ 序

铭刻红军前辈的民族之魂

胡海泉

得知《爸爸讲给孩子的红军故事》这本书将在大象出版社出版,我由衷地为老爸开心和自豪。很少有人能有和我老爸一样两次重走红军长征路的人生经历。记得小时候,我总和班上同学或院子里的小伙伴们炫耀这件事。不管他们的爸爸做过怎样令人佩服的事迹,"我爸爸重走过长征路"这个壮举,肯定少有人能比!

爸爸一直在外出差,与我们聚少离多,这是我学生时代家里的常态。他总是忙碌着,有太多事情等着他去奋斗。军中的职责、文坛的

建树、家庭的担当……他要亲身体验的、要提笔抒写的实在太多太多。是啊！那时候四十出头的他，不就是此刻的我吗？终于理解了我小时候他为什么会那么拼、那么忙……

说起他重走长征路的经历和感悟，在后来的数十年中，都字字句句留在了他笔下关于红军长征的诸多诗文里。而最特别的，除了他曾给儿时的我讲述的途中的各种奇闻逸事，就是那个他带给我的本子。里面记录着他路上的每一天、每一站的见闻，和那一个个邮戳上面既熟悉又陌生的地名：瑞金、于都、遵义、茅台、安顺、皎平渡、冕宁、泸定、马尔康、若尔盖、哈达铺、六盘山，最后一个是——延安！从小跟着爸爸学习集邮的我，看着那一个个邮戳，既开心又满足，既兴奋又骄傲！还有本子里那一页页潦草的笔记内容，以及老爸带回家的红军斗笠和草鞋，都让我不禁一次次地随想象力飞去了那些遥远的地方，仿佛我也被带到了那段

序

令我好奇不已的伟大而神秘的旅途中。于是，二万五千里蜿蜒曲折、坎坷起伏的"神秘之旅"穿越了半个世纪，深深地种在了一个12岁男孩儿的心里……

在我看来，红军长征精神的伟大，不仅仅是它最后取得的成功，更从中彰显着人类为信仰之光奉献生命的赤诚。那份为理想信念不屈的赤诚，那份对民族未来责任的担当，不是在嘴上，不是在书中，而是在冒死攀爬的掌心里，在直面炮火的眼神中，在被冻出红疮的脸颊上，在被磨得血肿的脚趾尖上，在深陷沼泽的喘息间，在病入膏肓的呻吟里……这些都是一个个真实存在过的生命曾真真切切经历过的苦痛啊！

没有被巨大的苦难磨砺过的人，没有权利轻言信仰！

长征，在20世纪以及之后的中华民族复兴史上，永远是不可被磨灭、不能被忽略、不应被忘却的浓墨重彩的一笔！

爸爸讲给孩子的红军故事

　　面对这浓重的一笔，面对那些曾为创建新中国付出鲜血和生命的红军前辈们，我老爸作为中国人民解放军的一员，为了让后人们不忘历史、不负初心，一直在创作，始终在奔忙。多年来，他走遍全国，给无数的战士、学生及各行各业的朋友们做过关于红军长征的报告和讲座，每一次都激情澎湃。那是他的事业，那是他的使命，那也是他的生活方式。这所有的投入，也让他充盈了自己的人生。我想，曾听过他真诚而热情的分享的朋友们，也会像儿时的我一样，把红军前辈们光辉的形象牢牢刻在自己的心中；他们也会像我一样，被长征精神浸染洗礼过后，各自担负使命，各自仰望星空，将长征精神紧紧地系在各自的生命之中！

2021 年 4 月 7 日

小 序

2021年是一个不寻常的重要年份,伟大的中国共产党成立100周年,这在中国和世界的历史上都有着极为深远的意义。在党的百年不平凡的征程中,红军长征是一个光耀千秋的重要事件。

长征,这部远去的传奇,值得我们永远崇敬和怀念。

长征,像一座高耸的丰碑,屹立在中国人民前进的路途上。这座丰碑铭刻着中华民族坚定无畏、自强不息的精神,铭刻着中国人民永远向前的不屈意志。

习近平总书记说:"每一代人有每一代人的长征路,每一代人都要走好自己的长征路。……长征永远在路上。""现在是新长征,我们要重新再出发!"

我是一名军旅作家,曾于1975年和1986年两次重走红军长征路,我曾和我的军旅作家伙伴一起从江西的瑞金,走到了陕北延安。我曾创作出版过6部关于长征的书。

这部书,是我第二次重走长征路时,给正读小学六年级的12岁的儿子写的24封信。我是想通过书信的方式,向孩子讲述我重走长征路的见闻和感受,讲述红军长征到底是怎么一回事儿,讲述我看到的、听到的难忘的红军故事,我想让孩子从小就认知我们党领导的中国工农红军进行的长征是史无前例的伟大壮举,从小就铭记我们英雄的前辈们是如何克服数不清的艰难困苦,创造了人类历史上这伟大的奇迹。

非常感谢大象出版社的编辑一起倾情打造

小序

了这部书。特别令我欣慰的是,编辑请到了著名画家盛元富先生为全书绘了插图,我也感谢早已成年的儿子海泉应邀为这本书写了序。

长征精神是中国人民生存韧性的绝唱,也是中国人民向未来航行永不降落的风帆。

其实,每个人的一生都是一次长征。我们每个人都应该以长征中的红军为榜样,从小就选定要走的道路,并且在漫长的道路上不畏艰难地高歌猛进!

胡世宗

2021 年 4 月 20 日

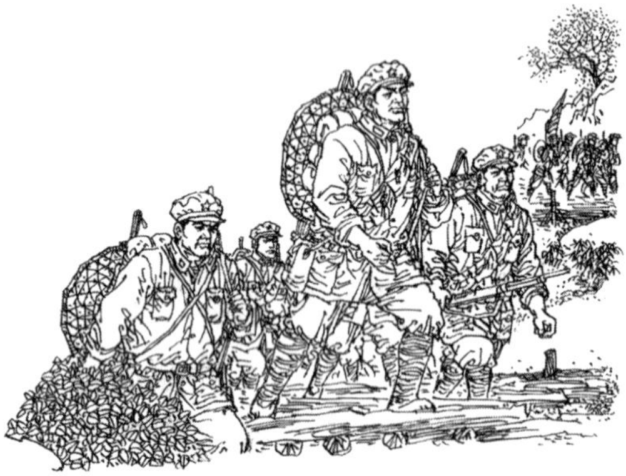

目录

引子　出发前的许诺 / 1

第一封信　"红都"瑞金 / 6

第二封信　"红井"和"列宁小学" / 14

第三封信　老赤卫队员的歌声 / 22

第四封信　云石山出发 / 30

第五封信　于都河滚滚流去 / 37

第六封信　遵义的"红军山" / 43

第七封信　娄山关残阳 / 53

第八封信　茅台酒与红军战士 / 60

第九封信　仁义之师 / 67

第十封信　人民的恩德 / 75

第十一封信　节省一粒子弹打鬼子 / 84

第十二封信　一袋干粮 / 89

第十三封信　金沙江船夫 / 95

第十四封信　彝海结盟地 / 103

第十五封信　安顺场和泸定桥 / 112

第十六封信　翻越大雪山 / 121

第十七封信　雪山上那只紧攥的手 / 129

第十八封信　茫茫的大草地 / 135

第十九封信　冻死的军需处长 / 144

第二十封信　流散红军 / 150

第二十一封信　哈达铺"转舵" / 157

第二十二封信　六盘山上高峰 / 165

第二十三封信　古镇吴起 / 172

第二十四封信　陕北的窑洞 / 180

尾声　归来时的礼物 / 188

引子

出发前的许诺

12岁的泉泉聪明、活泼,正读小学六年级,是个小小的集邮爱好者。

1986年3月初,学校刚开课不久,有一件事打乱了泉泉平静的心绪,他甚至觉得吃饭都没有了往常的味道:爸爸又要出差了,今晚就要起程!

爸爸是部队的一位专业作家,外出采访写作是家常便饭,泉泉并不当回事儿。每次爸爸外出,泉泉都愉快地同爸爸告别,再高兴地迎接爸爸归来。可这一次却不同,泉泉竟然跟爸

爸闹起了别扭。他一心想让爸爸把他带去，甚至悄悄地准备好了小行囊：小望远镜、遮阳帽、折叠伞、旅游鞋……他知道爸爸这次外出不同寻常，爸爸要去重走当年红军走过的二万五千里长征路，对于泉泉，那可是异常新奇、神秘、令他心驰神往的旅程啊！

妈妈责怪地说："小孩子不懂事！正上着课了，怎么能去旅游？"

泉泉噘着嘴抢白道："这不是旅游！我爸若是去逛西湖、游泰山，我都可以暂时不去。可我爸这是去走红军走过的长征路，您该知道这条路对我有多么大的吸引力！在幼儿园的时候，我就听老师讲过红军爬雪山、过草地、啃树皮、嚼草根的故事，我还看过有关红军长征的好多电影、电视剧和小画书。我想亲眼看看娄山关、大渡河，想看看雪山、草地现在是什么样子，想知道革命老根据地今天有什么变化，

引 子

还想访问一下走过长征路的红军爷爷。难道我这些想法错了吗?"

爸爸抚摸着泉泉的头,和颜悦色地说:"我们的小泉没有错。你要跟我走长征路,去经风雨、见世面,这个愿望是好的,应该得到鼓励。可是走长征路不是一天半天的事儿,要走几个月的时间,你现在已经是小学六年级的第二个学期了,眼看就要考初中了,课程十分繁重,一天也耽误不得啊。好孩子,你安心上学读书,几个月后,爸爸回来的时候,详细地给你讲一路的见闻,不等于你也去了吗?你看这样行不行?"

泉泉仰着头,用手背擦了擦眼角的泪,说:"行是行,但那也太晚了,得等好几个月呢!"

泉泉想了一会儿,忽然兴高采烈地跳起来抱住爸爸的腰,喊道:"有啦有啦!爸爸您每走一地都给我写一封信,再找当地邮局盖个戳,

这样，我不光能及时了解您路上的见闻和感受，还会收获一批长征路上的'实寄封'，顺便搞了集邮。您看好不好？"

爸爸和妈妈对看了一下，同时笑了起来。

妈妈说："我们的泉泉好聪明啊！"

爸爸说："这真是个一举两得的好办法，就这么定了。"

泉泉故意板着脸说："爸爸说话要算数！"

爸爸说："算数！"

泉泉向爸爸伸出右手的小拇指，严肃地说："算数要拉钩！"

"拉钩就拉钩！"爸爸憋住笑，也伸出右手的小拇指，两个人真的拉起钩来。

"噢！噢！爸爸真好！爸爸要从长征路给我来信了！"泉泉高兴地一个劲儿拍手跳跃，满脸的愁云一扫而光。他把小望远镜和折叠伞从自己的小行囊里拿出来，放到了爸爸的大背

✉ 引子

囊里,然后像个大人似的庄重地说:

"祝爸爸一路平安!"

第一封信

"红都"瑞金

泉泉：

告诉你，我已经到达江西的瑞金了！

你知道，我曾在上海和嘉兴瞻仰过中国共产党秘密召开成立会议的会址。这次从北京乘飞机先到了江西省省会——英雄的城市南昌。在南昌，我又参观了1927年八一起义总指挥部旧址和革命烈士纪念馆，受到了极大的教育。

为了推翻压在中国人民头上的帝国主义、封建主义和官僚资本主义"三座大山"，为了革命的成功，千千万万的人英勇地献出了宝贵的生命，

第一封信

我看到一卷卷《江西省革命烈士英名录》，仅修水一个县就牺牲了1万余人！我看到纪念馆里悬挂着一位烈士的语录："世界上没有不死的人，如果碌碌一生，专为私人的衣食住行着想，活上百岁又有什么价值？为了无数贫苦人民的利益，就是明天要牺牲，我也是甘心情愿的。"烈士的话既简单又深刻，当时我抄写的时候，觉得周身热血沸腾。我和同行的另两位作家一起，专门买了一个花圈，写上"继承先烈志，永做革命人"的挽联，献到了位于八一广场的以长枪和军旗为塔顶的八一南昌起义纪念塔前。

一个阴雨的早晨，我们怀着沉重的心情告别了"英雄城"南昌，乘车奔往瑞金。车子在赣东大地上行驶，稻田、菜畦、水塘一一闪过。路边的油菜花，像一队队穿绿衣的战士挥动着黄色的花束在迎送我们。雪白的梨花，粉红的桃花，金黄的迎春花，在山脚下，在田野里，自由自在地

开放着。一块又一块红土地展现在我们面前：深红的、紫红的、褐红的、黑红的，好深沉、好庄严的红土地啊！

我们经过毛泽东主席诗词中写到的"雾满龙冈千嶂暗"的宁都和"弹洞前村壁""今朝更好看"的大柏地，就到了瑞金。

瑞金位于江西省东南部，同福建省交界，地处偏僻，经济也不发达。可是半个世纪以前，这座小城却是中央革命根据地的中心，是中华苏维埃共和国的首都呢！

中国革命最早建立的红色根据地都叫"苏区"，当时江西革命根据地因为是党中央和中华苏维埃共和国临时中央政府所在地，所以叫"中央苏区"，人们都管瑞金叫"瑞京"。当时红军战士和苏区老百姓曾自豪而又戏谑地宣称：英国、法国，不如兴国！南京、东京，不如瑞京！1931年11月7日至20日，中华苏维埃第一次全国代表大会就是在瑞金召开的。来自闽西、赣东北、湘赣、湘鄂西、琼崖、中央等根据地,红军部队,以及在国民党统治区的全国总工会、全国海员总工会的610名代表出席了大会。会议大厅里,悬挂着马克思和列宁的画像,悬挂着党旗,还有"全世界无产者联合起来"的横额,虽然朴素、简陋,但很敞亮、庄严,后来有人说:"这会场,泥巴糊上墙,相当于北京大会堂!"当年开会用的座钟还在,时针指着下午三点。真有趣!这"红都"瑞金,就仿佛是后来的革命圣地延安和中华人民共和国首都北京啊!

清早,我独自一人漫步在瑞金大街上。雨后的房屋、街道、菜畦、水塘、树木,都有一点湿味。赶集的人们匆匆而行,有挑筐的、担竹箕的,也有蹬自行车的;有穿高筒黑雨靴的,也有赤脚的。各样蔬菜洗得干干净净,摆得齐刷刷的,葱头须子像细细的白粉丝一般,笋都剥了皮;街里各家

饭馆都在忙着准备营业,小饭馆的窗子横木上垂吊六七个挂钩,挂着猪肉、大鱼、猪肝、白条鸡等。革命圣地并没有罩上特殊神圣的光环,它和其他普通的城镇一样,迎来一个又一个这样极普通的早晨。

我来到瑞金叶坪的一片操场上,映入眼帘的首先是一座红军检阅台。据说最初是用竹木搭的,1933年改为砖木结构。毛泽东、朱德等同志在此多次检阅过红军。检阅台正对着的是一座红军烈士纪念塔,状如一枚子弹,弹头朝天,"子弹塔"底座呈五角形。五角形塔座周围嵌有毛泽东、朱德、周恩来、博古(秦邦宪)、项英、洛甫(张闻天)、王稼祥、凯丰(何克全)、邓发等同志的题词。

其中博古的题词是:

你们奋斗,你们牺牲,

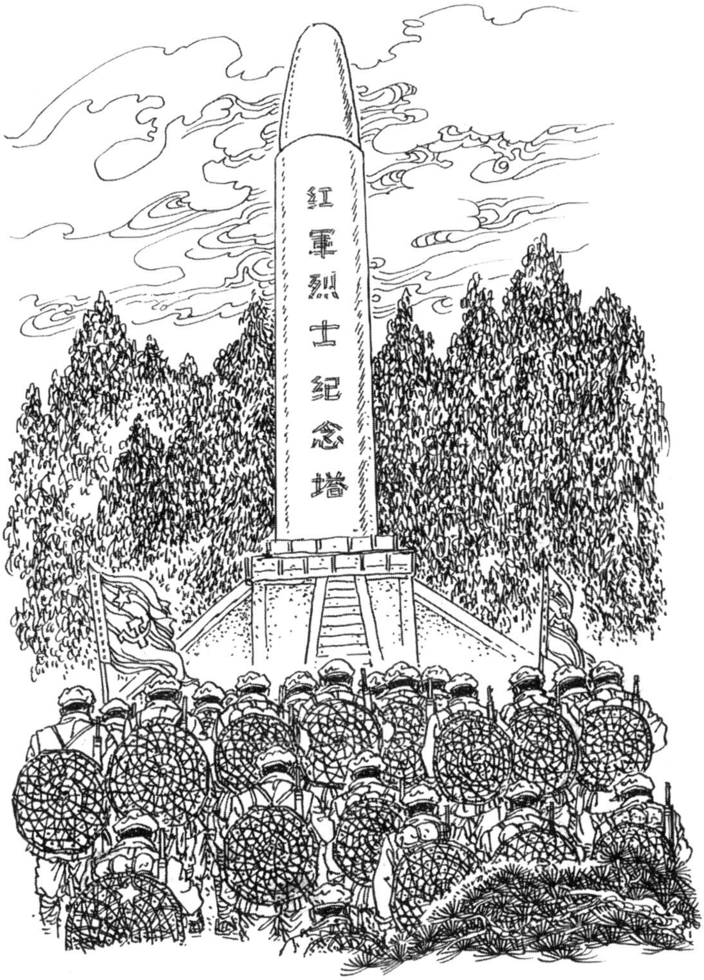
紅軍烈士紀念塔

你们冲锋，你们陷阵，

为着人类与世界的光明，

为着苏维埃中国而斗争。

你们的意志是最伟大的解放的旗旌，

你们的姓名刻画在工农大众的深心，

让光辉的红星永远闪烁着这个塔顶，

让革命的红旗展招飘扬在中国全境。

在"子弹塔"与红军检阅台之间，地面上铺有一条大字标语，建成之初是用煤渣铺就的，新中国成立后改成了砖砌的。那条标语是"踏着先烈血迹前进"。

整个操场是一个大草坪，草坪四周是菜地，苍老的古树林中传来各种各样的鸟鸣声。我正望着这大操场沉思着，不知谁说了一句："这就是天安门广场的雏形啊！"这句话一下子引起了共鸣。可不是，这检阅台和纪念塔太像天安门城楼和人民英雄纪念碑了！中国共产党人率领着中国劳苦大众，经历了怎样不可想象的艰难困苦，又有多少人洒鲜血、抛头颅，才把最初朴素的、美好的憧憬，变成了自豪的、辉煌的现实，才从这叶坪简陋的检阅台走到了北京雄伟壮丽的天安门！从中国共产党诞生，到八一南昌起义，到井冈山斗争，再到瑞金中华苏维埃共和国临时中央政府成立，仅仅十余年的时间，革命势力不断壮大，如星星之火，愈燃愈烈。国民党反动派处心积虑要扑灭这革命的火焰，发动了一次又一次反革命"围剿"……

在瑞金，到处都有革命的遗迹，让人情不自禁地怀想那风起云涌的斗争岁月。

明天还要早起，不多写了，就此打住。

爸爸

1986 年 3 月 17 日

第二封信
"红井"和"列宁小学"

泉泉：

我，作为你的不称职的爸爸，记不清你们小学语文课本里有没有《红井》这一课了，我记得我是在课本里学过的。

瑞金有个沙洲坝，这是一个很大的村子。1933年4月，毛主席从叶坪迁到了这里居住、办公。我参观了他在此处的旧居，那房子是一个姓杨的地主家的，建于1876年。里面有若干个单间住房，挨着毛主席住的有中华苏维埃共和国中央执行委员会委员徐特立、何叔衡，秘书长谢觉哉。有一间房子是文印科,里面摆放着一部笨重的电话机,据说是攻打彰州的战利品,红军长征出发时因为电话机太笨重没有带走;墙壁上还隐隐地能看清50多年前红军写的标语:"打倒法西斯蒂!""工作要实际化!""提高技术!""学习列宁作风!"

毛主席非常关心群众的生产、生活,经常深入荒村茅舍访贫问苦,帮助群众解决实际困难,参加放水浇禾苗、护镰忙夏收等劳动。

冒着蒙蒙细雨,我们来到沙洲坝村头的那口闻名中外的"红井"旁。光滑的水泥台阶上面,有一尺多高圆圆的水泥井台。恰好有老表(江西人称老乡为老表)挑着水桶来打水。我们借他的扁担和水桶,从这"红井"里打上满满的一桶水,用随身带的白瓷缸子分别舀水品尝。或许我们的感情预先都浓浓地甜化了,或许这里的水的确不凡,总之,我们每个人都觉得这井水异样地甘甜

清冽。离井两米远的地方立着一块一人高的石碑，上面凿刻着两行大字：

吃水不忘挖井人

时刻想念毛主席

底下有一行小字："沙洲坝人民敬立"。当年沙洲坝老百姓吃水特别困难，尽管村里有水塘，但水质不好，要走很远的路到别的地方去挑水。1933年9月，毛主席在这里考察的时候，发现了这个问题，在百忙的公务中挤出时间，带着身边的工作人员，为老百姓打了这口井，井深有五米多，底下放了木炭和砂石。毛主席还下到井底铺过砂石呢！只是当年没有这水泥台阶和水泥井台。毛主席离开这里以后，老百姓立了块木板，写了现在石碑上的两句话。

"红井"完全可以成为一种象征：党的干部、

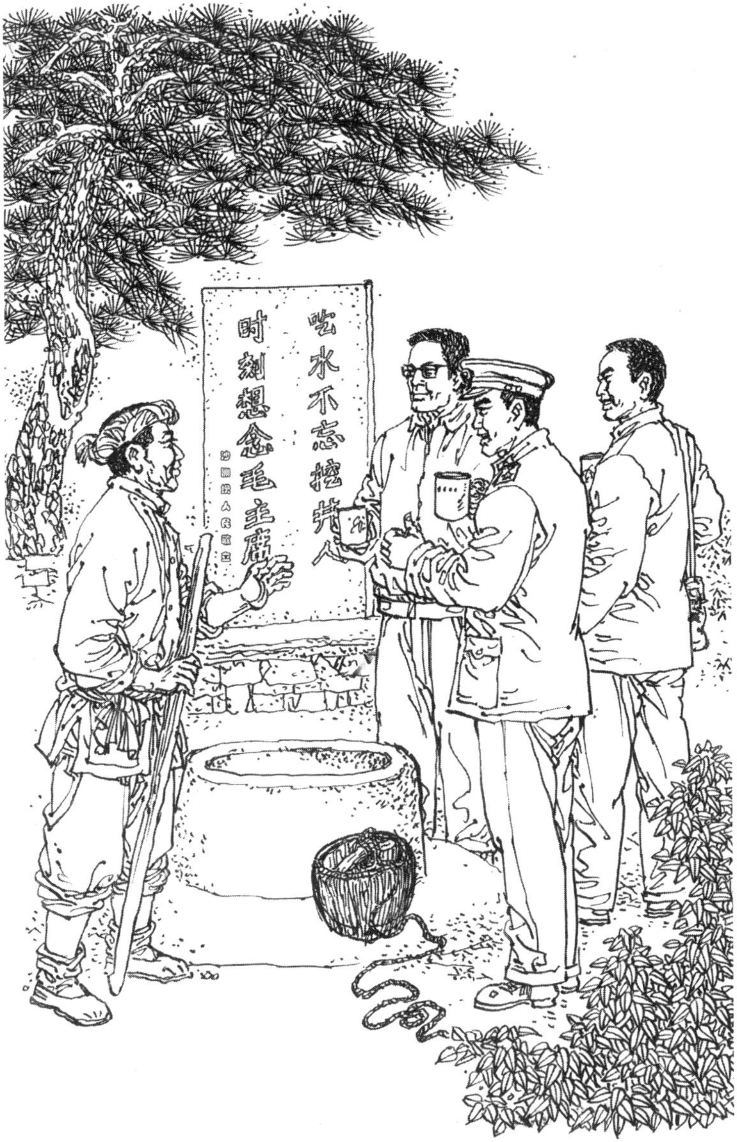
吃水不忘挖井人
时刻想念毛主席

党的军队和人民群众之间那种密不可分的血肉联系。

在瑞金乌石垄中央军委旧址的一个水塘边，我遇到一位60多岁的老汉，他不识字，没参加过红军和赤卫队，一直是个普通的农民。在1933年夏收夏种大忙季节里，他看见人们爱戴的朱德同志在检查工作途中，从心爱的白马背上跳下来，帮助一个老婆婆割禾、打谷的情景。多少年过去了，那情景仍历历在目。

我们曾在影片《闪闪的红星》里结识了潘冬子，并且知道了当年中央苏区有列宁小学。在列宁小学建立之前，在这远离繁华城镇的偏僻山乡，贫苦的农民祖祖辈辈过着牛马不如的日子，不仅政治上受欺辱、经济上受剥削，而且文化上也同样地受着压迫。很多农民的孩子没有上学读书的权利，连吃饭、穿衣都成问题，哪里还有钱给孩子交学费？革命了，翻身了，分了土地，他们终

✉ 第二封信

于过上了好的日子。苏区政府办了一座座列宁小学,穷人的孩子也都"背起书包上学堂"了。当年在列宁小学读过书的孩子,如今也都是年过花甲的老人了吧?

在沙洲坝,我慕名访问了今日的列宁小学。

听到外面汽车的声响,孩子们主动跑出来,兴高采烈地齐声呼喊:"欢迎!再见!""欢迎!再见!"孩子们的年龄太小,竟把"欢迎"和"再见"同时喊了出来。原来这是学前班,也就是幼儿班的孩子们。

娃娃们都很结实,像他们的长辈一样淳朴。比起长辈,他们更多一些机灵,十分可爱。征得老师的同意,我走进他们的教室,教室里顿时鸦雀无声。一双双水汪汪的眼睛含着调皮的微笑望着我,双手自然地背到身后。不时有孩子像小鸟一样叫一声"解放军叔叔"。这里一声,那里一声,当我的目光寻找到他或她时,他或她又腼腆得想

躲。

这个幼儿班有两位老师,一位年纪大了,已经退休,又被聘请回来,叫杨荣星;另一位戴眼镜的女老师只有十七八岁的样子,也像孩子似的躲在门边,叫姚凤华。虽然是幼儿班,但是孩子们上下午都来,不仅可以多学点功课,还省了大人的心,爸爸妈妈可以腾出照看他们的时间多忙些活计。他们一个个坐在从自家带来的腿矮背高的小小竹椅上,面前的小书桌也是自家的。我抽看了几本作业,上面一行行、一页页写着相同的"人""田""手"之类简单的字和从"1"到"11"的阿拉伯数字。

杨老师叫孩子们唱支歌。他们中间有人起个头,一会儿唱《大公鸡》,一会儿唱《小牙刷》,一双双小手臂变换着动作:时而交叉在胸前;时而伸出一只胳膊,跷起大拇指;时而闭眼仿佛入梦;时而站起高高招手……他们唱得很认真,很有味。那支《小牙刷》的歌里说的是每天刷牙的好处，这使我看到了今日老根据地的山乡里文明卫生达到的程度。

他们是红军和赤卫队的后代，他们是祖国的未来。当我同他们告别的时候，孩子们呼啦一下子朝我拥过来，许多只小手抢着拉我的手，我感到了这些花朵般的生命的新鲜活力……

爸爸

1986年3月18日

第三封信

老赤卫队员的歌声

泉泉：

踏在这块革命的红土地上,我常常遐想自己是当年的一个"红小鬼",那个轰轰烈烈闹革命的年代真是令人向往啊！

我在一处处革命遗址参观,处处感受到一种蒸蒸日上的、生机勃发的气氛,一种虽然是微小的但却是不可抵挡的力量。革命信念、革命理想、革命远景……无处不在,是那么强烈地震撼你的心旌！

有一张发黄的纸页,上面印着由军长朱德、

第三封信

党代表毛泽东1929年1月签发的《红军第四军司令部布告》（以下简称《布告》），《布告》上说："全国工农，风发雷奋；夺取政权，为期日近。革命成功，尽在民众。布告四方，大家起劲。"从《布告》公布之日到中华人民共和国成立，中间是20年的时间，而我们的革命领袖却敢说"夺取政权，为期日近"，这是一种怎样高瞻远瞩的革命胆识啊！《布告》的字里行间，都透出革命的紧迫感和对工农大众的信赖和依靠。

参观中央根据地文物展览时，我看到当时闽西列宁书局印制的红色版画，一幅为《世界革命导师马克斯》（当时把"思"写成"斯"），一幅为《世界革命领袖列宁》，印得虽谈不上精致，但人物神态还是惟妙惟肖的。我还看到一块红布，上面有用毛笔蘸墨汁写的"入党誓词"，是1931年1月25日，北田村贺某写的，尽管有多处错别字，但可以看出当时发展一个党员所履

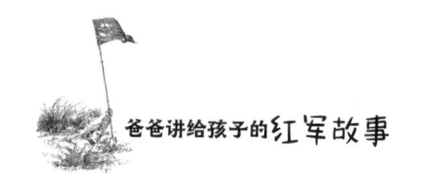

行手续的严肃性。那褪色的红布上写着:

牺牲个人

严守秘密

阶级斗争

努力革命

服从党纪

永不叛党

(注:此处错别字均已改为正字)

在那样一个年代里,加入中国共产党,不仅要比普通群众多为革命挑担子,吃苦在前,处处起模范带头作用,而且时时都有被砍头的危险。为了一个远大的目标,凝聚在党的旗帜下,不是为个人捞什么好处,这是一种信念、一种奉献。

1934年1月,在瑞金中央政府大礼堂里召开的中华苏维埃第二次全国代表大会上,通过了

第三封信

关于国徽的决定。我在瑞金找到了这个国徽的模型,注意到了它同我们今天的国徽的区别。第二次全国苏维埃代表大会通过的国徽是一个圆形,里面还有个圆圈,圈外头两端各有一枚五角星。上面有一行字:"中华苏维埃共和国";下面有一行字:"全世界无产阶级和被压迫的民族联合起来"。圈里上面一枚五角星,中间是一个地球,地球上是镰刀与锤子交叉的党徽,地球外面是由左边麦穗、右边谷穗组成的图案。现在的国徽除写的国号不同外,在放地球的地方放了五颗星和天安门城楼,下面多了一个齿轮,象征着工人阶级的领导和工农联盟的基础。那时候,面对统治着全国所有大城市和绝大部分乡村的、有着几百万正规军的国民党反动政权,我们的革命前辈竟敢于在偏远山村的一席之地打出一个国号,认真严肃地设计,并在全国苏维埃代表大会上通过国徽,这本身就是叫反动派心惊胆战的事,充满了必胜信念。

我在沙洲坝访问了一位老赤卫队员，他叫杨荣连，1915年生，已经年过古稀。他1933年春参加红军，在九军团工兵炮兵连当班长，执行搭浮桥的任务。第二年负伤被送进红军第三后方医院。1万多人走到信丰、安源交界处，被国民党部队给打散了，被抓走一部分，逃出一部分。杨荣连一路要饭回到沙洲坝。现在他是二等荣誉军人。他同老伴与儿子、儿媳妇在一起过日子。

杨荣连头戴一顶绿色剪绒棉帽，身穿黄呢上衣、毛蓝裤，脚穿解放鞋。我们得大声喊话，他耳背；而他讲话，我们又听不太懂，交流起来十分吃力。他讲话不多，却给我们唱了不少歌。他唱歌比讲话吐字要清楚很多！什么《红军歌》《少先队上前线歌》……每首歌他都先唱一遍，然后我们请他唱一句停顿一下，以便我们记在本子上。

其中有这样一首：

✉ 第三封信

共产党领导真正确,

工农群众拥护真正多,

红军打仗真不错,

粉碎了国民党的乌龟壳。

我们真快乐,

我们真快乐,

我们真快乐!

亲爱的英勇的红军哥,

我们的胜利有把握,

上前杀敌莫错过,

把红旗插遍全中国……

杨荣连的记忆力叫我们感到惊讶。时隔半个多世纪了,他不仅能够清楚地唱出那些词句,而且还能准确地唱出过门的音乐。"把红旗插遍全中国"就是那个时候革命人的理想和信念。当时红军歌咏活动很普及,是一种政治教育和宣传鼓动的重要方式。杨荣连还给我们唱了他的《国际歌》。为什么我说是"他的"呢?因为他是按照他的记忆和他的韵调唱的,很独特,有点像江西小调,也像老私塾先生背诵古诗文,但他的神情那样专注、那样庄重,那种赤诚劲儿,感动得我眼眶红红的、鼻子酸酸的。50年前翻译的《国际歌》,不可能有今天翻译的准确,但杨荣连却认为现在电台广播的《国际歌》不如他唱得标准,

□ 第三封信

他多次重复这一看法，还一遍一遍把他认为标准的《国际歌》唱给我们听。

我觉得，我没有必要给杨荣连进行解释和纠正，更没有资格去嘲笑他的固执。他学唱这支歌的时候，我还没出世呢；他会唱这支歌的时候，几亿中国人都还不会唱呢。他唱得早啊！从他的歌声里，我听到了他对投身革命的青少年时代深深的怀念！我暗暗扪心自问：作为革命晚辈，一名有文化的中国共产党党员，这《国际歌》我肯定会比杨荣连唱得更准确、更动听些，可是我有他那样痴迷吗？我们对自己所要献身的伟大事业该怀有怎样的坚定信念和赤诚之心？杨荣连给我们上了生动的一课。

泉泉，但愿你也能从中受到教育。

爸爸

1986年3月19日

第四封信

云石山出发

泉泉：

你看见过运动员跑马拉松吗？马拉松从起点到终点都是有预定的路线和里程的。而红军长征却没有预先想到要走到陕北，也没有预先想到要走二万五千里，甚至连"长征"这个词在出发时也不存在。这如同黄河水从巴颜喀拉山上发源之后，究竟要流到哪里去，并不是预先设计好了的，而是东闯西撞，百曲千折，最后拐了个大"几"字，向东流入了渤海。

当时红军放弃瑞金，撤离中央苏区是被迫的。

长征——绝不像一次有计划的漫长的旅游。

我在第一封信里,给你说到国民党反动派为了扑灭革命的火种,对苏区和红军进行了一次又一次反革命"围剿",从1930年年底到1933年秋总共进行了五次,来势汹汹,一次比一次疯狂。

面对前四次敌人的"围剿",中央苏区军民在正确的战略战术指挥下,一一给予了彻底粉碎,敌人一次次惨败。毛主席有一首词《渔家傲》就写到了反"围剿"过程中敌军18师师长张辉瓒被红军捉住的事情。这首词是这样写的:

万木霜天红烂漫,
天兵怒气冲霄汉。
雾满龙冈千嶂暗,
齐声唤,
前头捉了张辉瓒。

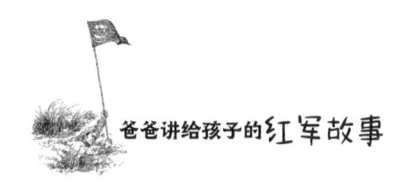

二十万军重入赣,

风烟滚滚来天半。

唤起工农千百万,

同心干,

不周山下红旗乱。

敌人采取了"长驱直入,分进合击"的战术,妄图一举把红军消灭在赣江东岸。毛主席、朱总司令制定了"诱敌深入""避敌主力,打其虚弱"的作战方针,不断取得胜利。

第五次"围剿"蒋介石调集了100万军队,自任总司令,其中50万兵力用于进攻中央苏区。敌人采取持久战和"步步为营"的堡垒主义新战略。红军在博古和共产国际派来的军事顾问李德的错误指挥下,"分兵六路","全线防御"时,"短促突击",同强敌打阵地战,拼消耗,红军和革命根据地遭受重大损失。在这不得已的情况

第四封信

下,红军被迫开始了"战略转移"。

瑞金县城西边约19公里处有座云石山。1934年10月10日,中央红军就是从这里跨出了长征的第一步。

在瑞金,老红军周湘彪向我讲述了当年红军出发时的情景:老百姓把宰好的鸡端在手上,还有花生、鸡蛋、猪肉……好东西全拿出来了,想要留住红军,好像红军一走他们就没法子活了。真流泪啊,那滋味,没娘的孩子啥样就是啥样,怕白匪卷土重来。红军不敢告诉老百姓说远走,只说"战略转移",说被敌人包围了,在内线打仗不利,要把敌人引到外线去打。红军战士情绪很高涨,有的穿上了棉衣,每个人携带五斤口粮,发了扁担,有的挑着弹药箱、手榴弹,有的挑着大煤油桶,里面装满了最重要的机器和工具。每个人的行囊里有一条军毯或棉被,一套棉军服,三双结实的布鞋,前系鞋带,后附铁掌。还有老

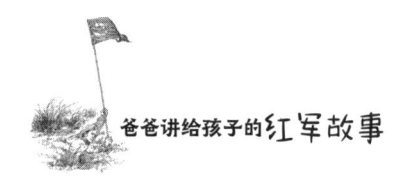

百姓送的干菜、辣椒等东西。每个人有个水杯，帽顶里缝着一根针和几根线。所有的人都有一顶晴雨两用的竹斗笠，是用两层竹子夹一层油纸做的。许多人背包上插着一把雨伞，每个人一支步枪，还分了些银圆带在身上，负荷是很重的。

听到这些讲述，我仿佛看到了当年老区群众送别红军的悲壮场面，我的心底情不自禁地响起了《十送红军》那深情、低回的歌声。长征这部史诗的序篇，调子是沉重哀婉的。红军将士就是在这种气氛中，惜别了父老乡亲，踏上了远征之路。

半个世纪之后，我对二万五千里长征路进行全程采访，也是从云石山出发。当地老表像当年送别红军似的，向我赠送了油纸竹斗笠和草鞋，还让我喝了他们自家酿制的米酒，为我壮行。我将从此起步，冒着风霜雨雪，披星戴月，去探寻半个世纪前的血痕、足迹、火光和歌声。

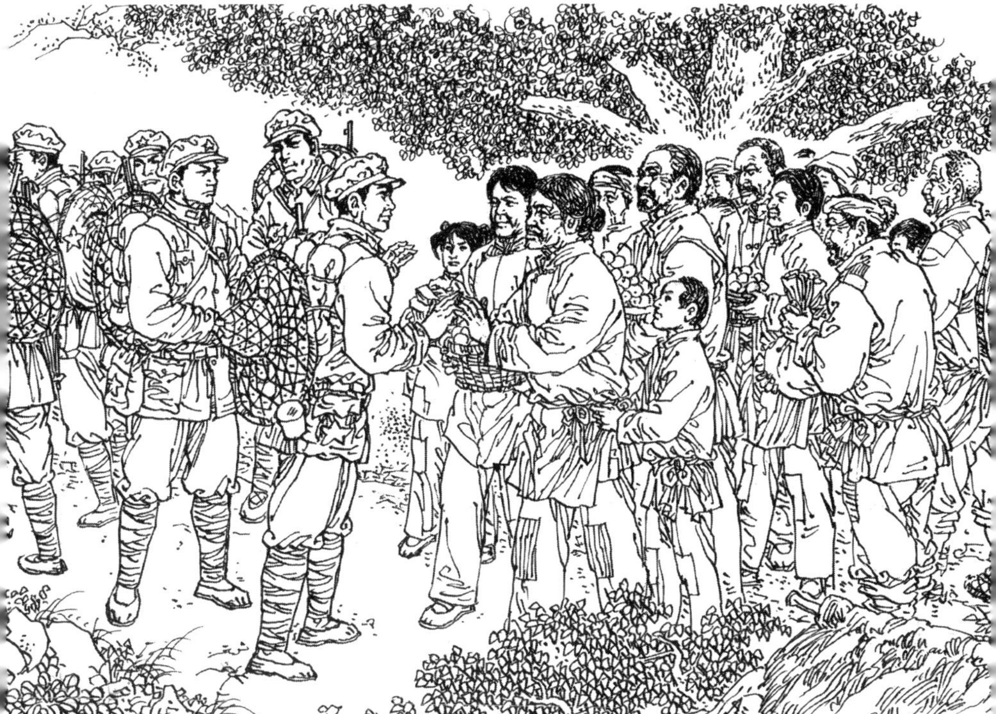

爸爸讲给孩子的红军故事

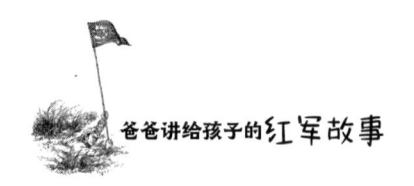

一路上，我会不断给你写信，希望你能及时收到。

爸爸

1986 年 3 月 20 日

第五封信

于都河滚滚流去

泉泉：

我是从瑞金西行八十多公里到达于都县城的。"雩都"1957年改名"于都"。

红军撤离中央苏区的命令是1934年10月7日发布的，命令指出：红军开始远征的时间是10月10日。而担任前卫的红一军团，是在10月16日开始撤离中央苏区的。

在这长征命令发布前的一周，毛泽东主席被派到雩都。这时他担任着赣南省苏维埃政府主席的职务。

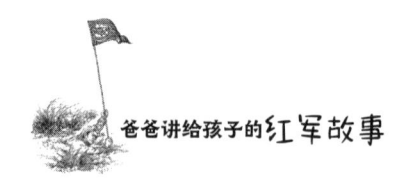

于都是赣南的一座小县城,位于于都河河畔,当时人口不到1万,它只是一个渡口、一个集市。在这座县城的一条小巷深处有一所灰砖房,紧挨着于都北门,这是一户姓何的小生意人的宅院。1934年9月底,40岁的毛泽东在这里住了18天。

50年后,于都已经发展成一个很像样的县城了,有28个乡,678000人口,居住着汉、回、苗、布衣、畲等好几个民族的群众,街区建设很不错,商业也很繁荣。于都县委院子里有一株大樟树,7个成人手拉手才能把它围住,它让我想到于都不平凡的革命历史。

我参观了毛主席的何屋旧居,当时的赣南省苏维埃政府也设在这里。毛主席常在这里同党员、干部、群众谈话,召开过区、乡、村干部座谈会和于都县红军家属代表大会,教导干部和红军家属支援革命战争,掩护红军转移。

红军长征开始几天了,毛主席还没有走。他

被留下来给留守雩都的赣南省三级干部和党员中信念不坚定分子做报告。他要把红军主力离开中央苏区的局势和留守干部的任务讲清楚。他号召干部们照常工作,告诉他们红军还会回来,革命一定胜利。这次做报告的地址在原昌村中学的院子里。他在给这些干部讲话的时候,周恩来、朱德、博古、李德等所有部队的首长和整个党的最高级领导机关人员已经上路了。中央机关人员于10月12日到达雩都,又在当天夜里穿过了雩都。几千名挑夫挑着苏区的大量财物——印刷机、纸币镌版、造子弹的机器、X光机、文件资料箱、金条、银圆、大米、药品、备用的枪炮、收发报机、电话设备、电话线等。

我是下午来到于都河的城东门渡口的,河对岸是门坎石村,望着滚滚流淌着的于都河水,我想象着当年红军过于都河的情景。当时深秋正是枯水季节,整个于都河,沿河都是渡口,河水有

深有浅，工兵营在河上架起了浮桥；河面不到百米宽，河面越宽的地方河水越浅，人和马可以涉水过去；水深的地方用船连缀起来，竹筏子和木筏子连在一起，连成浮桥。

10月18日黄昏，毛主席率领他的警卫员、秘书和其他工作人员约20人，会同中央纵队其他单位的同志们，一起撤离了零都。他带了一袋书、一把破伞、两条毯子、一件旧外套、一块旧油布。由于工作的劳累和病痛的折磨，更由于对中国革命前途的忧虑，毛主席双颊深陷，异常憔悴，消瘦的脸上颧骨突出，但他两只眼睛仍炯炯有神，他为苏区和红军遭受的巨大损失而痛心，这种痛心超过他个人有关政治和军队决策权的丧失。他认为暂时放弃瑞金，转移苏区，保存红军的有生力量，是对的，目前也只能这样。他对红军是熟悉的，是充满信心的，中国革命和他本人所受到的挫折，并没有改变他"星星之火，可以

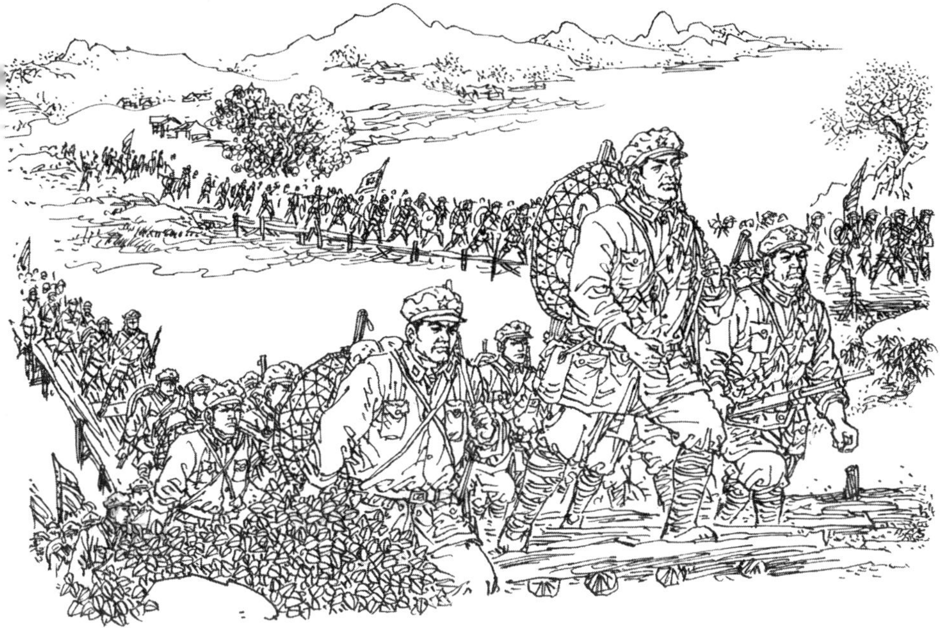

燎原"的信念……

站在城东门渡口的高坡上,我看到有几只乌篷船靠在岸边,听到那于都河水滚滚流去的声响,仿佛听到了当年红军队伍出发的脚步声,只是一眼看不清这河水奔流的去处。

暂不多写。

爸爸

1986 年 3 月 29 日

第六封信

遵义的"红军山"

泉泉：

你一定会知道"遵义"这座英雄城市的名字，因为"遵义会议"在我国几乎是无人不知、无人不晓的，它在中国革命的历史上，在我们党我们军队的历史上，真是太重要了！

红军开始长征以后，由于错误贯彻执行"左"倾教条主义方针，在冲破敌人第四道封锁线湘江防线时，中央红军一下子折损过半，由出发时的 8.6 万多人，减到 3 万多人。红军面临着极大的危机，革命面临着巨大的危险。当红军队伍到达

湖南、贵州交界的通道县城时，李德坚持按原计划去湖南、湖北、四川、贵州四省交界与红二、红六军团会合，而敌人已有近20万在那里以逸待劳，等着阻截我们已经精疲力竭的3万多红军。毛主席在通道会议上，主张放弃同红二、红六军团会合的计划，改向敌人防御力量薄弱的贵州北部进军，这一正确主张得到王稼祥、张闻天、周恩来、朱德等同志的支持，我军遂改变进军方向，于1934年12月中旬西入贵州。

1935年1月初，我军突破敌人的乌江防线，接着占领了贵州北部重镇遵义。

遵义城北倚娄山，南濒乌江。娄山自东北走向西南，山势巍峨，高峰插天；乌江自西南流向东北，谷深流急，号称天堑。遵义是一座有名的历史文化古城，又在军事上占有重要地位，自古为兵家必争之地。

红军打下遵义后，遵义人民举行了隆重的迎

接红军入城仪式。1月9日,遵义的工人、农民、贫苦市民、教师、学生、工商业者,在地下党的发动组织下,纷纷来到丰乐桥头,迎接历尽艰辛、长途跋涉到遵义的红军指战员。当地的一些名人、耆老也按传统习惯,在桥畔"官厅"迎接部队。人们冒着严寒,打着三角小旗,敲锣打鼓,吹着唢呐,放着鞭炮,喜气洋洋,前呼后拥,络绎于途,古老的丰乐桥出现了"人流与江水共涌,鞭炮同锣鼓争欢"的前所未有的盛况。

当毛泽东、朱德、周恩来、张闻天、王稼祥、博古等同志出现在桥头时,人民群众簇拥上前,高呼"欢迎红军""欢迎朱毛总司令"等口号,毛泽东、朱德等同志下马,与拥上前来的群众代表亲切握手致意,并肩走过石桥。后来,丰乐桥改称"迎红桥"。

1月12日下午,在遵义老城协台坝第三中学操场组织召开了群众大会。据当时参加大会的

老人回忆：那一天，第三中学操场挤满了前来开会的群众，到处插着彩旗。钟鸣两下，会议正式开幕。会上，朱总司令、毛主席、总政治部主任李富春先后发表了演说，他们都以最清楚而通俗的言辞，阐明了苏维埃红军的主张，揭露了反革命的罪恶和欺骗性，使群众懂得了"只有苏维埃才能救中国""红军是工农自己的军队"的真理。在几位领导演说之后，一个木匠和一名妇女也讲了话。最后是一个遵义籍的红军小战士的演说，他过去是个贫苦无依的儿童，当红军不过两年的工夫，现在已经能看报纸写墙报了。这个小战士口齿清楚、所讲内容丰富生动，使听众真实地感到红军不但是工农利益的保卫者，而且是工农的学校。会上选出了25位包括工农商学兵各界同志的革命委员，成立了遵义县革命委员会，下设组织、肃反、教育、财政、文化、妇女、武装等委员会；随之，红色政权纷纷建立，各种革命群众组织，如遵义赤色工会、红军之友社、遵义革命先锋队、遵义膏平（高坪）区区抗捐委员会、遵义八里水年关斗争委员会等，也建立起来了，有的地方还成立了政治保卫队和游击队等革命群众的武装组织。遵义地区群众发动得很充分，红军北上时有5000多名青年人当了红军。

到了遵义，我最急于去看的是"遵义会议会址"。这所二层柱廊式的灰砖大屋檐建筑，现已成为每天接待国内外参观者的革命名胜。这幢楼的二层有一间长方形的大房子，红漆木地板，白顶棚，天花板上垂吊着一盏煤油灯，墙上有一座标着罗马数字的挂钟，房内有一张大桌子，围了一圈椅子。有一面立式的大镜子，这可能是原来主人的穿衣镜，但它已成为一面历史的镜子，曾荣幸地映照了我党历史上一次很关键的会议。1935年1月15日至17日，中央政治局扩大会议（遵义会议）就是在这间房子里举行的。出席

会议的有中央政治局委员毛泽东、周恩来、张闻天、陈云、朱德、博古，中央政治局候补委员王稼祥、刘少奇、何克全、邓发，以及刘伯承、李富春、林彪、聂荣臻、彭德怀、杨尚昆、李卓然、邓小平、李德、伍修权等同志。

会议由中共中央原总书记、28岁的博古同志主持，他代表中央政治局常委在会上做了关于反对第五次"围剿"的总结报告，对军事错误做了一定的检讨，但同时强调了许多客观原因，为临时中央和自己的错误辩解；接着周恩来同志做了关于反对敌人第五次"围剿"的军事报告。

毛泽东同志在会上做了重要发言，他指出这次会议应着重解决军事问题。他用摆事实讲道理的方法批评了"左"倾冒险主义的"消极防御"方针和它在各个方面的表现，即防御时的保守主义、进攻时的冒险主义和转移时的逃跑主义。他还切中要害地分析和批评了博古、李德在军事指

✉ 第六封信

挥上的错误。他的发言反映了大家共同的意见，受到绝大多数与会同志的热烈拥护。王稼祥同志、张闻天同志都在发言中支持毛泽东同志的正确意见；朱德同志批评了临时中央在第五次反"围剿"中所犯的错误。周恩来同志指出：只有改变错误领导，红军才有希望，革命才能成功。他推举毛泽东同志指挥红军。在会上，刘少奇、陈云、李富春、聂荣臻、彭德怀、刘伯承等同志也从不同侧面，对错误路线进行了批评。

会议集中全力纠正博古等人在军事上和组织上"左"的错误，肯定了毛泽东的正确军事主张，选举毛泽东为中央政治局常委，取消了博古、李德的最高军事指挥权。会后又成立了由毛泽东、周恩来、王稼祥组成的三人军事指挥小组，负责长征中的军事指挥。这次会议开始确立以毛泽东为主要代表的马克思主义正确路线在中共中央的领导地位，在极其危急的情况下，挽救了党，挽

救了红军，挽救了中国革命，是中国共产党历史上一个生死攸关的转折点。

现在的遵义城是围绕着"红军山"建设起来的。"红军山"是人们对坐落在红军烈士陵园的凤凰山南麓的小龙山的敬称。这座陵园始建于1958年，1984年全面改建，颇为壮观。从很远的地方就能望见山上绿荫里耸立出来的高30米的纪念碑，碑顶的镰刀、锤子金光闪闪。纪念碑四周是比正常人身高还要高两三倍的四尊红军头像，似坚强柱石，托着圆环、碑体。

"红军山"上有座红军坟，关于它还流传着一个故事。那是1935年1月，听说城南10里的桑木桠流行伤寒病，十室九空，红军马上派出卫生队去治病救人。一天深夜，一个10多岁的红军小卫生员为乡亲们治病归来，发现队伍已经走了，他看了留言条，手提马灯去追赶队伍，走到尹家屋基时，被暗藏的地主武装枪杀。老百姓悲

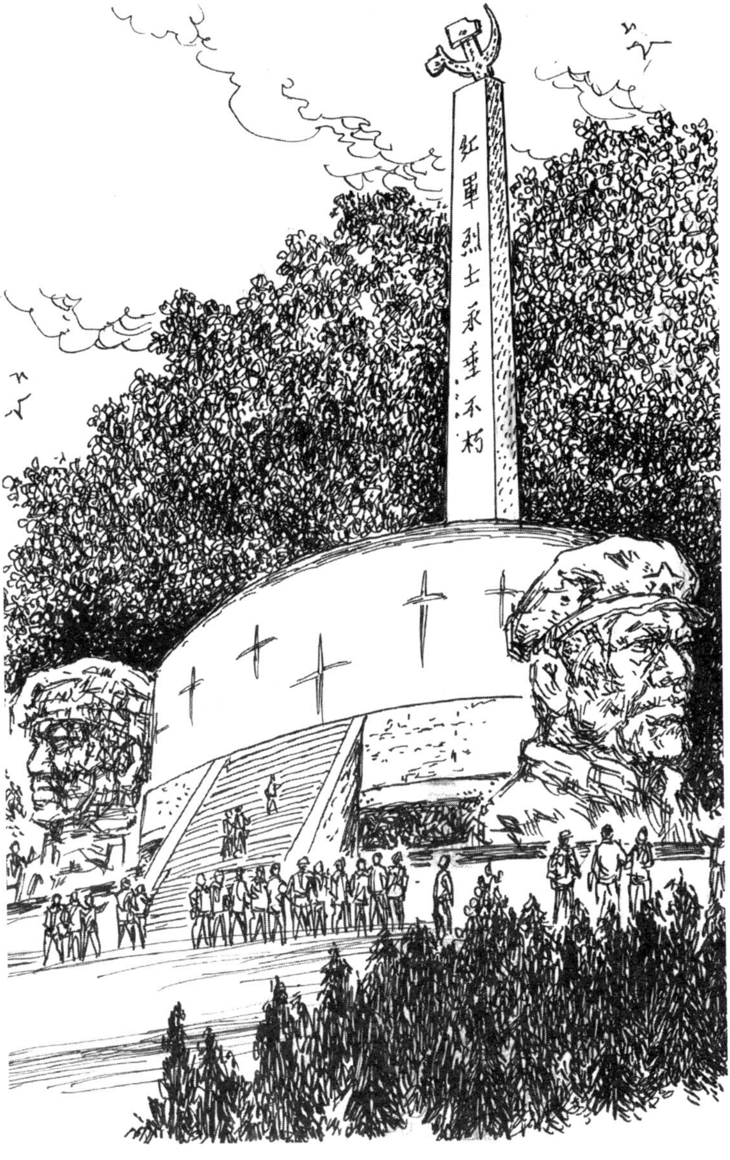
紅軍烈士永垂不朽

痛地把他安葬了。后来,老百姓生病无钱医治时会到这座坟头烧纸祈祷,期盼着当年红军小卫生员所在的队伍再回来;遇到苛捐、拉兵等苦难无法解脱时,也会到这座坟前哭诉,以求得心理支持,让无助的情绪有地安放。无形中,这座坟成了老百姓苦难岁月中的精神慰藉。反动派三次派人挖坟,老百姓三次重新垒坟,离得很远的乡亲都有背泥土石块来的。这座红军坟越垒越高大。新中国成立后,政府把红军坟迁到这"红军山"上,以方便群众瞻仰。

我站在"红军山"上,想着中国革命的航船在这里拨正了航向,想着多少红军战士在这里挥洒了自己的鲜血,想着人民对红军的深切情意,更加热爱遵义这座历史文化古城了。

爸爸

1986 年 3 月 31 日

第七封信

娄山关残阳

泉泉：

你一定猜想不到娄山关有多么雄伟和险峻！

车子加大油门爬行在通往娄山关的盘旋陡险的山路上，我内心很激动，情不自禁地背诵起毛泽东同志为娄山关写的那首词：

西风烈，
长空雁叫霜晨月。
霜晨月，
马蹄声碎，

喇叭声咽。

雄关漫道真如铁,
而今迈步从头越。
从头越,
苍山如海,
残阳如血。

娄山在贵州北部乌江和赤水河之间,万峰矗立,群山巍峨,海拔1500米至1700米,北邻四川盆地边缘,南断乌江峡谷,东抵湘西十万大山,西接滇东乌蒙山系。娄山关是娄山山脉的主峰,海拔1576米,自古以来为四川、贵州两省往来必经的通道。从明朝到清朝,娄山关上发生过多次争战,这里是著名的古战场之一,古人有"大娄高压万峰巅,鸟道才容一线穿"之说;但娄山关真正闻名于世,还是在红军到来之后。

第七封信

老红军很激动地给我讲述了攻占娄山关的壮烈场面。那是1935年2月25日,娄山关上浓雾弥漫,寒风刺骨,红军战士提出了"轻伤不下火线""重伤不哭""不占娄山非好汉"的响亮口号,从清晨直战到黄昏,勇猛冲杀,与敌人反复争夺娄山制高点——点灯山(又名点金山)。相传明朝一位大将入娄山关,曾在山上扎下营盘,点灯以攻对面之敌,点灯山因而得名。红军有的担任正面进攻,有的从东西两侧进行包抄,在弹药不足的情况下,与敌人拼刺刀,用马刀砍,有的刺刀刺弯了,马刀砍得都缺了口,但一个个英勇善战,最终把敌人打得落花流水,占领了咽喉要道娄山关。在敌人溃逃的路上,到处可以看见被敌人扔掉的步枪、子弹、烟枪、军服、臂章、棉被、雨伞、包袱、背篓,甚至文件,狼狈至极。

娄山关一仗,揭开了遵义战役的序幕,是红军长征以来第一个巨大的胜利,生动显示了遵义

会议的伟大成果，鼓舞了全军将士。当时担任红三军团军团长的彭德怀同志，是娄山关战斗的战场指挥员，他坚决执行军委命令，勇猛果敢，身先士卒，不顾个人安危，冒着敌人炮火，亲临前线直接指挥战斗，充分展现了一位高级指挥员大无畏的英雄本色。

红军突破乌江的胜利和娄山关大捷，俘获了大量敌军。红军把他们集中起来，给他们讲话，动员他们参加红军。其中有百分之八十的人参加了红军，组成了一个新的红军师，每名新兵发3块银圆，还发了缴获来的枪支。不愿意当红军的就发给路费，并告诉他们去哪儿都可以，有的还给写了路条。朱德总司令同每名被俘的军官谈话，介绍红军抗日救国的宗旨，希望全中国的军人能形成统一战线。

我是在将近傍晚时登上娄山关的。我站在娄山关狭窄的隘口上，强风吹得我几乎站不住脚，

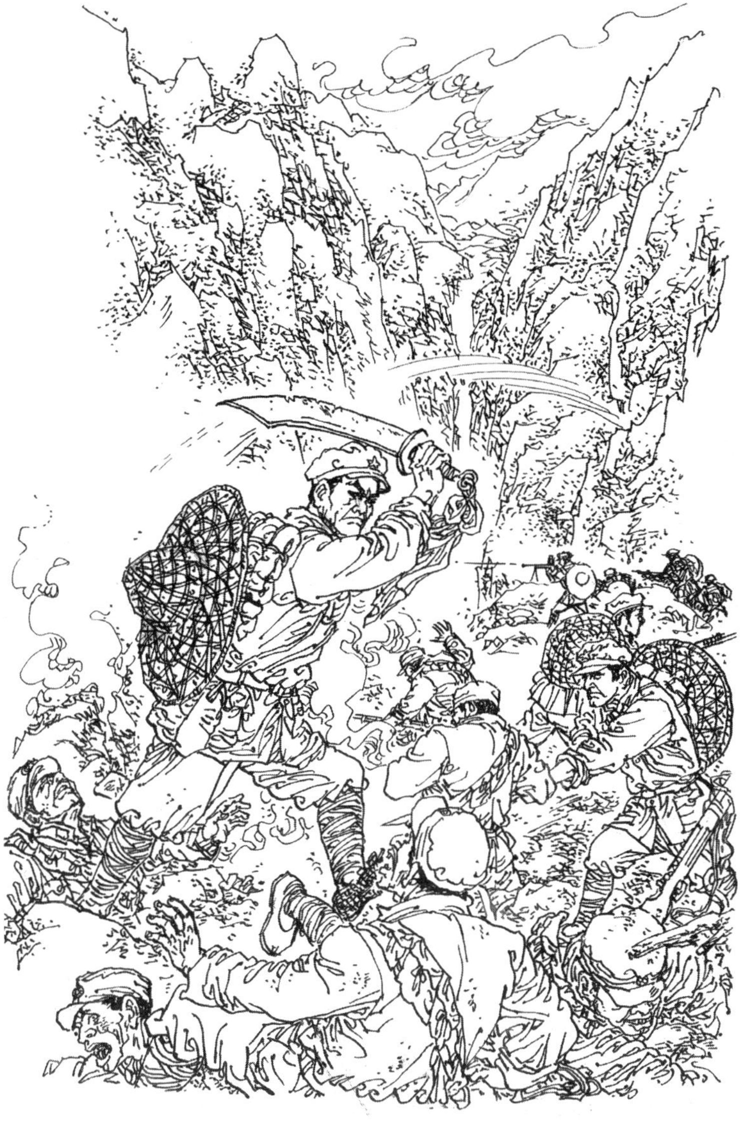

衣襟不时被翻起。四面群峰环立，地势确实极为险要，望山下时隐时现的蜿蜒的公路，在浓密的绿树丛中像一条舞动的金蛇。娄山关一面是悬崖峭壁，一面是高山峻岭。

关上原有一块1米多高的石碑，上镂"娄山关"三个阴文草书大字。1966年竖起了一块高13.5米、长25米的纯金贴字大理石碑，石碑上的文字为毛泽东同志手书的《忆秦娥·娄山关》。这碑上的字很大，字高大多为2米，最大的字高过3米，飘若浮云，矫若惊龙，气势非凡，与雄关恰好相映如画。

望着如海苍山之上壮美的残阳，我仿佛置身于当年红军与守敌厮杀的战场，不知有多少先烈就在这山下，就在这隘口流尽了最后一滴血，他们没有走到长征的终点，他们没有看到五星红旗升起在天安门前，甚至他们的名字都永远地佚失了，但我明显地感到，在这带着声响强烈地吹拂着我的晚风里,便有他们的呐喊与嘱告;那轮壮美如血的残阳,正是他们不朽的生命的闪光!

泉泉,你喜欢画画,你如果到这儿来,一定会用彩笔描绘这雄关、这诗碑、这苍山、这残阳的。

爸爸

1986年4月1日

第八封信

茅台酒与红军战士

泉泉：

你一定知道茅台酒是我国的名酒，也知道它是在世界上享有盛名的好酒。可是你想象不到茅台酒产地竟是贵州省仁怀县依山傍水的一个不起眼的小镇。这个小镇的名字就叫茅台。

茅台渡口是赤水河边上一个很有名的渡口。遵义会议之后，毛泽东、周恩来等同志指挥红军，采取高度灵活的作战方针，在云、贵、川地区进行了大规模的运动战——四渡赤水战役，摆脱了被动的局面，赢得了战争的主动权。1935 年 3

第八封信

月16日,毛泽东、周恩来、朱德和刘伯承率领红军队伍来到茅台,在这里三渡赤水。

茅台名扬海内外,不光是因为有名酒,还因为是红军长征四渡赤水第三渡之地的光荣历史啊!

到了茅台,我很高兴地参观了茅台酒厂。

这个厂的历史太悠久了,它建于1704年,最早是三家私人酒坊,分别姓赖、华、王,年产酒量最高30吨,一般在20吨左右,分别开成义酒厂、荣合酒厂、恒兴酒厂,其中成义酒厂规模较大,三家酒厂所产的酒都叫茅台。每年阴历二月到夏天,赤水河的水都是浑的,只有阴历九月九重阳节以后,河水才是清的,投料必须赶水清才行。一年的时间里只有半年能投料,因而茅台酒生产周期性很强,厂家用固定工很少,忙时用些季节工,不忙时,农民回家去种田。

1952年,国家从私人手里把酒厂赎买过来,

组织了接收队，由南下干部任接收队队长兼任茅台酒厂第一任厂长。

15年前（指1971年），我曾访问过茅台酒厂的一位副厂长，他叫郑义兴，当时已有76岁，却还在继续为厂发光发热。他是亲眼见过红军队伍的人。他没有文化，听国民党宣传说，红军是"赤毛匪"，见人就杀。红军要来的时候，三个厂的厂主都跑了，工人也跑了一部分，每个厂只留下两三个人，厂主叫他看厂，他在恒兴酒厂。早晨8点多，国民党兵在半路堵红军，堵不赢就跑了，红军进了茅台。下午两点多钟，国民党一架飞机来丢炸弹，没伤着红军，烧了几间民房。第二天又来轰炸，在河对面5里路的地方，伤着了松树底下的几个红军战士。郑义兴看见红军官兵穿着普通的衣服，对老百姓客气得很，也规矩得很，用酒洗肿了的脚也给留下银圆。那时满街都是红军，他们叫老百姓

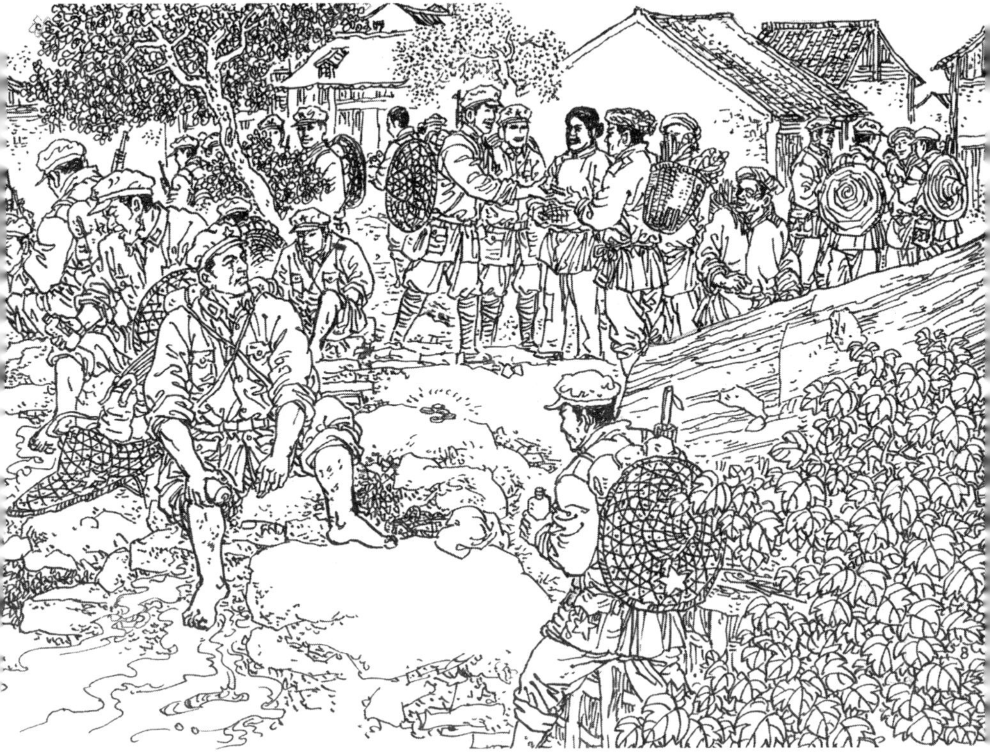

各人干各人的事情,说:"我们红军打富济贫,不要怕。""有什么东西可以拿出来卖,不要偷偷藏藏,我们公平买卖,给银圆买。"郑义兴说:"红军对老百姓好得很,啥样都是自己弄,宰了猪,这个一块,那个一块,还送给老百姓,剩的饭也给老百姓分着吃。红军写标语写到街上的壁头上,'红军到,千人笑;白军到,千人叫;要使千人天天笑,白军不到红军到……''千人'就是穷人。国民党军队也写标语,写什么'红也红不久,共也共不走'。老百姓不怕红军,怕白军又抢东西又扔炸弹。"据有的老红军回忆,当时在茅台,国民党飞机炸着了民房,毛主席还带领红军战士去救过火。

四渡赤水是毛泽东同志军事指挥艺术的出色范例。1935年1月中下旬,中央红军由遵义移师北上,先是一渡赤水河,进入川南,准备北渡长江,同在川陕地区的红四方面军会合。但蒋介

第八封信

石急调重兵封锁长江，阻止红军北渡。2月中下旬，红军挥师东进，二渡赤水，奇袭娄山关，重占遵义，歼敌2个师又8个团，取得了长征以来的第一次重大胜利。为了进一步调动敌军，3月中旬，红军从茅台三渡赤水，再入川南，蒋介石以为红军又要北渡长江与红四方面军会合，急调兵在川、贵、湘三省边界重重设防围堵。正当各路敌军汇集时，红军又突然折返贵州，于3月下旬四渡赤水，接着南渡乌江，假装要攻打贵州省府贵阳，在贵阳督战的蒋介石慌了手脚，急调云南敌军前来增援，红军乘云南空虚之机直插过去，威胁昆明。红军实际用意是要从长江上游的金沙江向西北进军，甩掉围追堵截的数十万敌军，取得战略转移的决定性胜利。

当我坐上木船，从茅台渡口横渡到对岸时，望着那碧绿清净的酿造出茅台、习水大曲等许多名酒的赤水河微微翻滚的波纹，不由得想到

当年毛泽东等老一辈无产阶级革命家的军事才能，想到红军的勇敢和智慧，内心充满了崇敬……

爸爸

1986 年 4 月 2 日

第九封信

仁义之师

泉泉：

我在长征路上走着，不断听到红军纪律严明、爱护老百姓的小故事。事情已经过去50多年了，许多老人记忆仍那么真切，一桩桩，一件件，就像发生在昨天。

1934年12月，贺龙率领的部队进入沅陵。一天傍晚，部队宿营在一个小山村，贺龙住的那家人出工还没回来，他就在院子里操斧劈柴。房东从地里回来后，急忙丢下手里的锄头，上前劝阻："红军大哥，您为我们穷人打天下太辛苦了，

难为您了，快歇歇吧！"贺龙回头笑着说："红军和老百姓都是一家人嘛，难为什么呢？"房东仔细端详，这才发现给他家劈柴的竟是军长贺龙，于是惊讶地说："您是带兵打仗的，怎么好让您劈柴呢？"贺龙擦擦汗，笑眯眯地说："带兵打仗就不应该劈柴呀？军长也是来自老百姓嘛！"后来房东逢人就讲：贺龙的部队真好，"规矩"二字记得牢。

一支红军小分队路过柴古洞，侗族老人吴永昌一家不了解红军，加上被国民党部队欺压怕了，便弃家而逃，躲在附近观察动静。红军见房屋里没有主人，便集合在吴家门口一片刚收获过的稻田里休息。吴永昌极为感动，主动回家给红军烧开水，进行慰问，并再三邀请红军到屋里歇息。红军给吴家的人讲红军是干什么的，还介绍了共产主义的远景。红军走后不久，他家里出生了一个男孩，便取名"吴共显"，寄寓着"共产主义

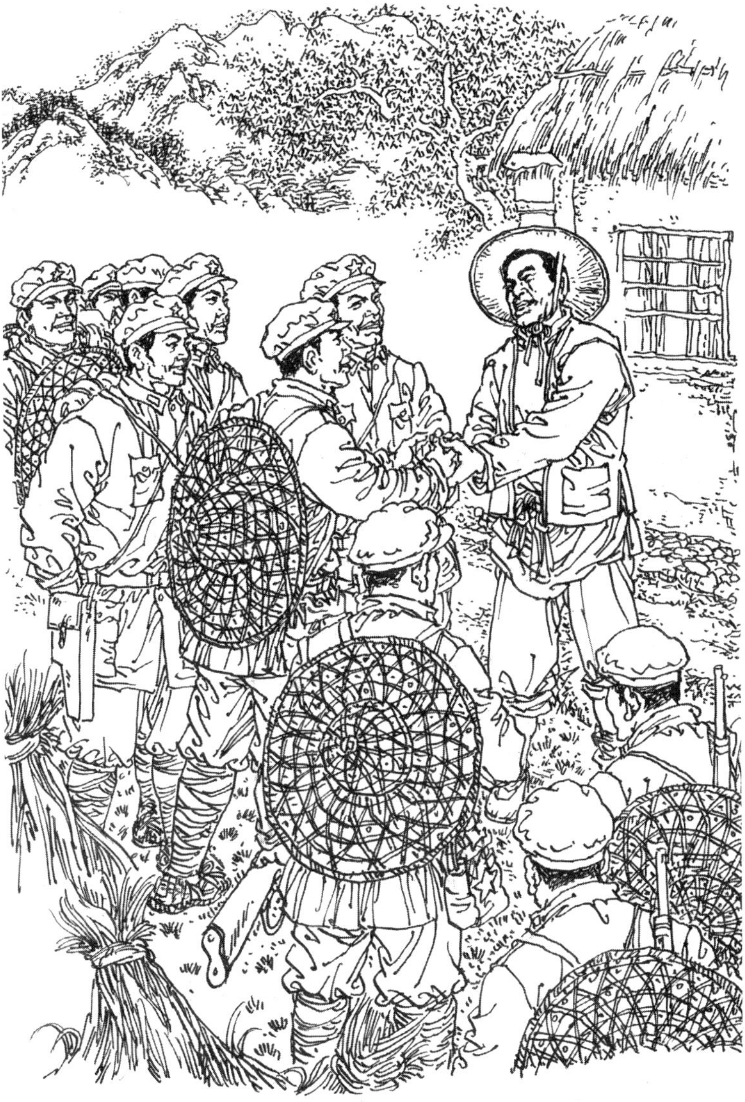

一定实现"的意思，同时纪念与红军的相见。

在通道新厂有个姚运怡，他家是开杂货店的，听说红军来了，不明情况的他店面都没来得及收拾就逃走了。进驻这里的红军一支部队发现了这个情况，就在店门上贴了一张字条，告诉战士们不要乱动店里的东西，如确实需要购买，要按标价留下足够的钱款。红军走后，姚运怡回家盘点，不仅没有短缺，反而还多了些钱。过了许多年，他提起便说："红军确实是天下少有的好军队！"

红一方面军一支部队到了一个叫哨团的地方，派出一个班到村口的破庙警戒，战士们推开庙门一看，里面空无一人，但墙壁角围着一群鸭子。这群鸭子是贫苦农民杨通召的，他因为过去吃过国民党兵的不少苦头，所以这次一看又来了拿枪杆子的，就丢下鸭子逃跑了，几天也不敢回家。红军每天派一名战士为他看鸭，并把鸭子下的蛋全部集中起来，放到一个篓子里。红军走后，

第九封信

杨通召回来，发现庙里有一张纸条，上面写着鸭子和鸭蛋的数目，请主人回来时点一点，下面落款"红军留"。杨通召发现鸭子一只不少，还多了九十几个蛋，异常感动，急忙去追红军，可是，红军已经走远了。

夹石溪有个大土豪叫张圣琪，是个大"吸血鬼"，放高利贷，盘剥贫苦农民，逼出了好几条人命。红军听说后，经过调查核实和审判，把这个家伙处决了，给穷人解了恨，报了仇。

红军在长征中十分重视民族政策，尊重各少数民族，也尊重少数民族的宗教信仰，受到了各族群众的欢迎和爱戴。我读到1934年12月24日红军总政治部主任李富春同志关于红军沿途注意与苗民关系加强纪律检查的指示，有如下三条："（一）明确传达与执行本部对苗民指示，不打苗民土豪，不杀苗民有信仰的甲长、乡长。（二）山田牛少，居民视牛如命，绝不应杀

牛。土豪牛要发给群众，严厉处罚乱杀牛者。（三）加强纪律检查队、收容队工作，在宿营地分段检查纪律，开展斗争，立即克服一切侵犯群众、脱离群众行为。"由贺龙、任弼时等同志率领的长征队伍，曾路过藏族聚居区的中甸县城。这个县城附近一座规模宏大的喇嘛寺——归化寺的最高统治者八大老僧，派出喇嘛夏那古瓦作代表，前来与红军谈判。贺龙同志接见了他，向他说明红军取道中甸是为了北上抗日，请他们不要害怕，红军尊重藏族人民的宗教信仰，保护喇嘛寺和大家的安全，保证不进喇嘛寺。最后贺龙同志提出请他们协助红军筹集粮秣。夏那古瓦回寺后转达了红军的意见和要求。八大老僧同意帮助红军解决粮食问题，并决定派夏那古瓦经办，双方都很友好。喇嘛们还与红军代表在寺内举行了联欢，并向红军敬献了哈达。贺龙同志把一面写着"兴盛番族"四个大字的红色锦幛赠给了八大

第九封信

老僧。这哈达,这锦幛,使红军执行民族政策和宗教政策的佳话广为传颂。

红军对待人民群众是这样的友善,那么对待那些放下了武器的俘虏兵呢?真是仁至义尽啊!在湖南新晃我听到这样一个故事:红、白两军在罗义山激烈地交战了一天两宿,双方各伤亡了40余人,我军的连长刘光兆牺牲了。5个红军战士抬着刘连长的遗体回深子湖,安葬在溪树湾坳上。部队在追击敌人的战斗中,我军的团长范春生又牺牲了。经过3天奋战,击溃敌军后,我军返回深子湖的桥头龙,发现有5具白军死尸,便给掩埋了,接着又发现桥头龙张良军家住有敌伤兵10人,已被俘虏,便教育群众不准打骂被俘虏的伤兵,讲清了红军不虐待俘虏的政策,红军的卫生员还给这些人上药,并找来当地20名青年农民,请他们把伤兵送到沅陵的医院救治,还再三交代抬伤员的农民,路上要轻点、慢点,晃

动大了伤兵受不了、挺不住。当时是红军和白军刚交战完，双方伤亡都很大，都打红眼了，可是红军仍能这样仁义，感动得 10 个伤兵直流泪，他们表示伤好后再也不和红军作战了。

红军就是这样用自己的行动证明着自己的性质和宗旨。行动比说教更有说服力。

泉泉，我抄了一首民谣，现在寄给你：

天上白云连白云，
园中竹子根连根，
河里鱼儿不离水，
老百姓和红军心连心！

爸爸

1986 年 4 月 3 日

第十封信

人民的恩德

泉泉：

　　上封信我给你讲了不少红军纪律严明、热爱老百姓的故事，这封信我再给你讲讲长征途中老百姓爱护红军的故事。这两类故事都太多了，真是一时半会儿讲不完啊！

　　通道县新厂乡农民刘大银，在红一方面军长征队伍过去的第二天，突然发现老街的石拱桥下躲着一名红军伤病员，伤势十分严重，他不顾国民党反动派"窝藏赤匪者格杀勿论"的恫吓，把伤病员悄悄背回自己家中，并同街里开药铺的杨

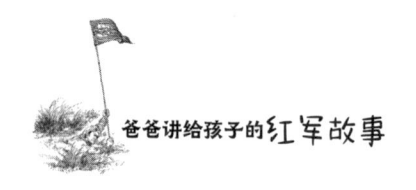

大先生一道，为这位伤员治病医伤，伤员很快就恢复了健康。这名伤员叫陆丁山。刘大银多次掩护，使陆丁山躲过了敌人一次又一次搜捕，并千方百计为他筹集盘缠，让这名红军战士在无法追上队伍的情况下，安全地返回了原籍江西。

会同县若水乡瓦窑村有名妇女杨何妹，勇敢地把几名掉队的红军战士悄悄领到自己家里安排住下。地主狗腿子发现红军进了村，便于深夜带一伙团丁来搜查。杨何妹得到消息后，将红军战士安排到一间黑屋子的角落里躲着，并往里头堆了一些烂桶、烂箩筐、烂晒垫、烂衣服和便桶等，她叮嘱红军战士不要乱动、不要出声。团丁来了，把邻居家一名有孕在身的妇女打死了，然后用枪逼问杨何妹："你家来了红军没有？"她沉着地回答："来过。头几天都走了。"有一个团丁端着枪闯进她的黑屋子想搜查，但一进门就被便桶的臭味熏得受不了，退了出来。团丁头目骂道："混

第十封信

账东西！快进去把那些杂物掀开，看看是不是藏在里边！"这时外面响了两枪，杨何妹急中生智，喊了一句："外头打死人了！"团丁们以为发现了红军，一个个冲出了门，几名红军战士安全脱险，一名红军小战士感激得扑通一声跪在杨何妹面前，杨何妹忙把他扶起，说："担当不起，不要拜！"他们谢别了杨何妹，就追赶队伍去了，临别时赠给杨何妹一床印花棉被留做纪念。

红二、红六军团长征路过云南寻甸时，与敌人展开了一场激战。战斗中，红军一名司号员高金奎负了伤。战斗结束后，部队把小高安置在鸡街庄子村的郭采焕大妈家养伤。郭大妈老两口担着风险，把小高藏在家里，像对待亲生儿子一样，每天给他端水、喂饭、洗伤口、换药，处处体贴入微。几个月后，小高的伤就养好了。这事被伪区长知道了，扬言要搜捕这名红军司号员，小高被迫离开了郭家。临别时，他把心爱的铜军号留

给了郭大妈做纪念。从那时起，郭大妈一直珍藏着这支军号，新中国成立后才把它从菜园地里刨出来，虽已生了绿色的铜锈斑，但它却是红军和老百姓骨肉相连的见证。

1935年1月，在青杠坡战斗中，一名红军战士锁骨受伤，不能随军行动，躺在土城镇儒维乡高坪大路旁边，用稻草盖着。贫苦农民张安先发现后，立即把他背回家中，不巧被坏蛋袁绍云发现，硬要杀害这名红军伤员。张安先据理反对，附近老百姓也都上前保护，袁绍云只好将红军伤员的衣服剥去，搜尽腰包，溜走了。张安先拿出自己的衣服给红军伤员穿上，连夜将其送到后山石洞中，后又送到陶场坝亲戚家养伤，把红军伤员保护起来。1964年，这名当年被救的红军伤员还写信到土城，终于查找到了张安先家。

有一名湖南籍的红军战士王同来，长征到达陕北后负伤，留在吴起镇头道川张谷岔村张德元

家，他们感情处得很深。王同来认张德元为义父，并改名张明华。分手那天，张德元把明华扶上毛驴，自己牵着，一直送了30多里路。告别时，明华给义父磕了头，之后就再也没有音信了。"文革"中，张明华被诬告，说他在吴起镇那一段时间曾投敌变节，离开队伍后不知去向；而他的义

父则被诬告为曾杀害过红军战士，因为都知道他家住过一名红军伤员，后来就没影儿了。张明华是不是"投敌变节"？张德元是不是"杀害过红军战士"？两边都在搞"内查外调"，一下子使中断音信多年的张德元、张明华父子又联系上了。后来他们就书信往来，一直未断。张明华重新担任领导工作后，把义父接到家中，并把自己的三个女儿、一个儿子召唤出来一一认爷爷。义父知道他还叫"张明华"，就劝他改过来，姓原来的"王"。张明华说："姓是符号，你是我父亲，我就姓张。"他一直没有改。老汉在城里住的那些天，明华殷勤照顾，给义父买衣做饭，还亲自给义父洗内裤。老汉过意不去，不让他洗。张明华说："当年我负伤住您家，拉屎拉尿都是您侍候，我为您做这点事情还不是应该的吗？"

更多的红军战士不是像张明华这样找到了恩人，而是因为年代日渐久远，相距千里万里，

✉ 第十封信

地名人名不清等，无法找到。前几年，贵州遵义来了两位将军。长征时他们都是"红小鬼"，走到娄山关那一天，正赶上下大雨，摔得浑身是泥巴，脚也走烂了。一掉队就被还乡团抓住了。还乡团把他俩绑在树上，问："你们是不是红军？"两名被布蒙住了眼睛的红军小战士无所畏惧地回答："是！要杀要砍由你们！"这时，一个被还乡团团丁称作"杨队长"的人出面干涉了，他说："你们砍他们可不得了，红军在这里过去几千人，万一他们回来，你们要遭殃的，砍不得呀！"这样一来，团丁的刀才没有落到这两名红军小战士的脖子上。之后，这两名红军小战士追上了队伍，再之后，当上了将军，始终没有忘记他们的救命恩人。过了50多年，他们已是年近古稀的老人了，又相约结伴，千里迢迢跑回来，在当年险些断了头的地方到处寻觅，可是访了一个又一个村子，问了一个又一个老乡，还是没有打听到"杨队长"

的下落，两位将军只好带着怅惘，遗憾地返回了。

知恩图报，是中华民族的传统美德。人民的恩德深过大海，重过高山，其实，应该报答的，不仅是一个个具体的"杨何妹""郭大妈""张德元""杨队长"，而应是全体人民，是人民含辛茹苦地哺育了红军，哺育了革命战士啊！

一路上，我都在默默背诵着郭小川的诗句：

应当唱千万支歌

把我们的人民

赞美，

赞美他们的不懈的勤劳

和英勇无畏；

应当作千万幅画

把我们的人民

描绘，

描绘

✉ 第十封信

他们的外表的庄严和心灵的高贵。

爸爸
1986年4月4日

第十一封信

节省一粒子弹打鬼子

泉泉：

采访中，一名红军小战士英勇不屈的故事，让我很感动。在长征中，红三军团"娃娃营"里有名十二三岁的小战士张金龙，这名小战士，就像你现在的年纪啊。

突破腊子口后继续北上，他腿部负伤不省人事地滚下了山坡。等他苏醒时，大部队已无影无踪，他被山下猎户老两口发现并收养。就在他伤口快痊愈时，敌人到这山沟里搜查红军的散兵来了。敌人发现了他的一顶红军帽，就

第十一封信

把他抓了起来。小金龙异常镇静,反倒质问敌军官:"我是红军,属于北上抗日的队伍,这究竟有什么罪?"敌人说:"抗日也有罪!"小金龙把当红军后首长给他讲的抗日道理都用上了:"日本人打到我们土地上来了,抢我们的东西,杀我们的同胞,我们的兄弟姐妹在受苦受难,你不管,不去尽一份力量,却来杀红军,你还是一个中国人吗?"

敌军官辩不过这名红军小战士,就下令把他拉出去枪毙。枪毙,就是把他打死啊。

小金龙被带到野外,几支枪对准了他,他却仍面无惧色。那敌军官以"胜利者"的口吻说:"你还有什么话说吗?如果有需要我们办的,比如通知你家里,我们也可以替你办到。"

"我有一个要求!"小金龙凛然说道。

"你说吧。"敌军官以为小金龙要告饶,要哀求他。

"你们为什么要枪毙我呀,而不用刀砍我的头?这样可以节省一粒子弹打日本鬼子呀!"

那时子弹是很金贵的。"节省一粒子弹打日本鬼子"——那个敌军官听小金龙说出这样的话,一时说不出话来了,这个平时耀武扬威、杀人不眨眼的家伙顿时热泪盈眶,哭了起来,他手下十几个兵,也被这个宁死不屈、自己要死了还惦记着抗日的红军小战士感动了。

那个敌军官没再说话,他抱住小金龙,把他送回老猎人家里,还扔下一些银圆便离去了。小金龙后来在猎人帮助下到了陕北……

这名红军小战士,年纪那么小,就坚信自己选定的人生目标是正确的,被枪指着也不低头,也不改口,也不动摇。这就是信仰的力量啊!

泉泉,一个人的一生是漫长的,也是短暂的。要早早立志,要有远大的志向,要有坚定的信念。

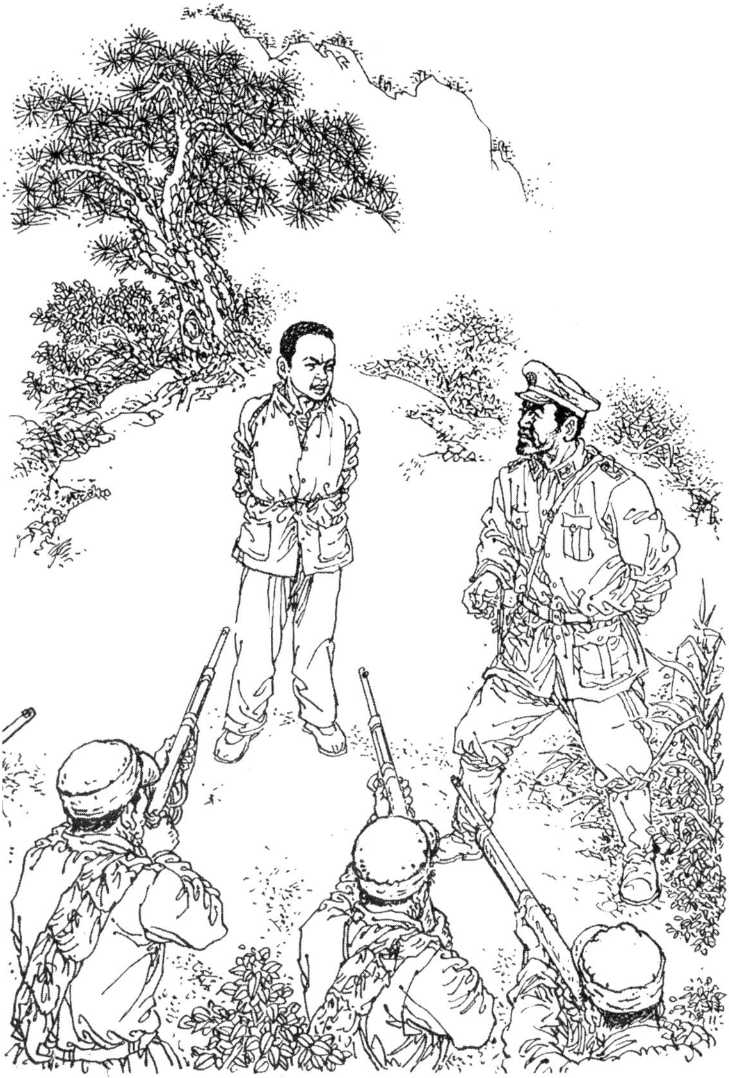

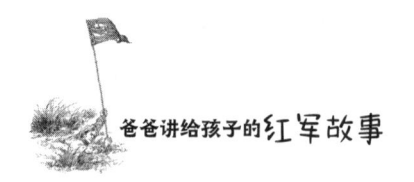

只有这样，才能做成大事，做好大事。

爸爸

1986年4月6日

第十二封信

一袋干粮

泉泉：

谁都知道"民以食为天"的道理。粮食对于人类是十分重要的生存资料。

在长征路上，我曾听到很多关于粮食的故事，那个关于一袋干粮的真实传说，让我特别地感动。

过草地之前，每个红军战士分得一两公斤麦子，大家把它看得和生命一样宝贵，都用干粮袋把它仔细地装起来。走路背着它，睡觉枕着它，就靠这么点儿口粮，要过茫茫的草地呀！

一天，队伍过水草地，忽然听到孩子的哭声，

到了跟前才发现，一个面黄肌瘦的妇女带着两个孩子坐在路旁，孩子瘦得皮包骨，很可怜。他们的亲人被国民党杀了，房子也被烧了，就这母子三人逃出了虎口，却无家可归，饥饿正折磨着他们。许多人看着这娘儿仨，摸摸干瘪的粮袋，真的是无能为力啊，只好含着眼泪离开了。部队继续前进时，大家发现战士谢益先不在了，不一会儿他追上了队伍，但同以前有了些变化。比如，以前一到宿营地，他就忙着帮大家拾柴、烧水；现在，只要一放背包，他就一个人走开了，等大家吃完东西他才露面。后来大家发现他在大家吃东西时一个人悄悄到一边找野菜吃，但常常是连野菜也吃不上。班长问他，他总说还有粮呢！实际上他走路总打晃，时常紧裤带，只是工作丝毫没松懈，每次往远一点的地方送信都有他——他是通信班的战士。

终于有一天，他倒在地上就再也起不来了，

临牺牲时还喃喃叨咕着:"那两个孩子不知怎么样了。"

队伍走出草地那天,大家又看到了那个面黄肌瘦的妇女,带着两个孩子,手里拿着一条洗得干干净净的干粮袋,上面有一个白线绣的"谢"字,嘴里念叨着:"救命恩人……"

红军战士谢益先,他是有战斗力的,在对敌斗争中,他似乎可以比那个妇女和两个孩子做出更大的贡献。可是,他毅然决然地宁可饿死自己,也把仅有的干粮给了他们,让那个妇女和两个孩子活了下来。

前些年,报纸上曾展开过一场大讨论:一个大学生舍命救起一个溺水的农民,到底值得不值得?一个大学生,受过高等教育,国家在他身上花费了一笔不小的资金,他也有了为社会做较大贡献的能力和准备,和一个普通农民相比,谁的命更值钱?泉泉,你想过没有,这个问题怎么回

答才是正确的呢？我觉得这样提出问题本身就不对。从生命的角度，无论种族、性别、年龄、文化、职务有什么区别，人都是平等的。在别人处于危难境地时伸出手帮他一把，甚至舍命相助，这是高尚的，是永远值得人们敬仰的。

谢益先牺牲了，作为一个肉身，他不存在了；但作为一种精神，他是不朽的、永存的。他和其他红军战士的英雄行为，一再向世人昭示着这样一个真理：红军这支队伍是为老百姓打天下的。他们在闲暇时，帮助老乡们劈柴、挑水、扫院子，毫不吝惜地付出热情和汗水；而当人民群众面临危难的时候，他们则全力以赴地去救援，如有必要，甚至会毫不犹豫地献出自己的鲜血和生命。

1945年，朱德在党的第七次全国代表大会上做的关于军事工作的报告中曾经指出："成千成万的军队，成千成万的带枪的人，他们是谁呢？他们是人民……可是，过去和现在，都有两种军

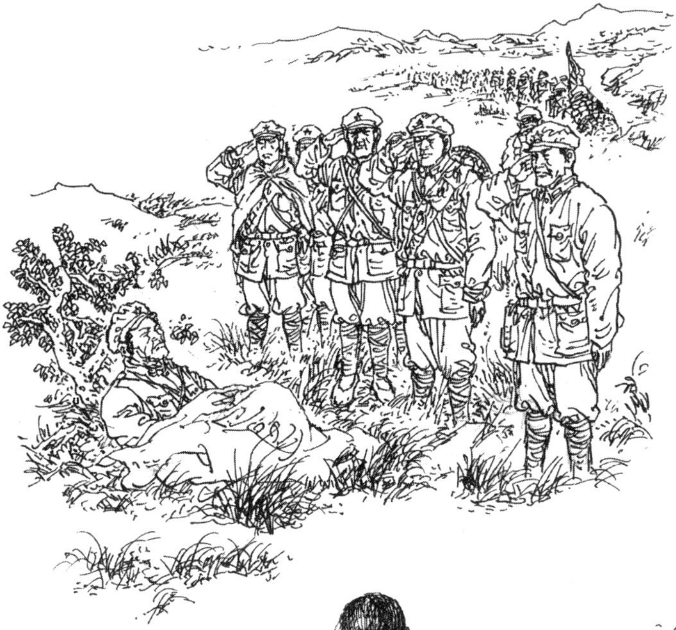
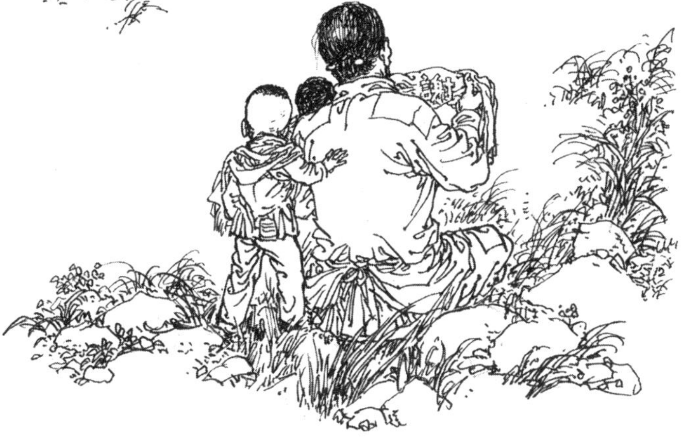

队。一种，是把人民组织起来，武装起来，训练起来，保卫人民利益，替人民服务的军队。另一种，也是把人民组织起来，武装起来，训练起来，但其目的，是为了保护大地主、大买办、大银行家极少数人的利益，来压迫人民、剥削人民、奴役人民。"就在中共七大上，毛泽东在报告中也指出："紧紧地和中国人民站在一起，全心全意地为中国人民服务，就是这个军队的唯一的宗旨。"

红军战士谢益先的这个干粮袋里所蕴含着的，正是人民军队的这个宗旨。

泉泉，希望你记住并仔细咀嚼我给你讲的这个普通的也是动人的故事。

爸爸

1986年4月9日

第十三封信

金沙江船夫

泉泉：

你一定听说过金沙江吧？它是长江上游的一段。这条江穿行在四川和云南边界的深山峡谷之间，江面宽阔，水流湍急，形势异常险要，远远地就能听到它喧响的涛声，仿佛还在为当年红军巧渡的成功而歌唱。

我和同行者乘车从昆明到禄劝县的撒营盘，又到沙洛乡，那儿有一棵蓊郁苍翠、巍然挺立的大树。据说，红军长征时，毛主席、周副主席、朱总司令在这树上拴过战马，然后就率领红军沿

小路下山，直奔金沙江。我们也是从这棵大树下徒步出发，完全踩着当年红军的脚印，沿着陡峭而崎岖的山路，来到金沙江的皎平渡口。

皎平渡自古就是有名的渡口，四川的食盐、白银、皮革和粮食，由车队载来，从这里进入云南；云南的鸦片、黄金、白银、丝绣品和其他产品，从这里运到四川。附近就是进出西藏的孔道，从西藏运出来的藏药、金、银、丝、工艺品也从这里摆渡过江。

当年红军采取声东击西的战术，用一支很强的部队——红一军团，假装要攻打昆明，摆出决心拿下昆明的样子。红军的侦察兵在距离昆明仅有几里地的山上可以望见昆明城，反动派一片惊慌，急忙从外面调兵遣将。而红军的精锐部队干部团已经抵达金沙江边。蒋介石亲自电令："凡金沙江上游，自巧家至元谋一段之船舶，及一切可渡河之材料，可否严令该段各军民、长官与方区、保长等,全部移置绥江以下叙州附近集中管理。"

红军在进入云南之后,截获了敌人一批军用地图和大批药材。敌人原打算派飞机送,因飞机驾驶员生病,改用汽车送,不想送到了红军手里。红军正是从这批军用地图上得知了金沙江的九个渡江地点,并决定从龙街、洪门、皎平三个渡口过江。

红军到来之前,敌人已控制了金沙江几百里防线,管制了所有渡口,并把所有的船只掳到了江北岸,断绝了两岸交通,还不时派出便衣到南岸来探察情况。红军先头小分队到达皎平渡时,天色已晚,从江北来的敌人的探子不知去处,他们以为红军不会这么快到达江边,便去抽大烟、敲诈老百姓去了,送他们的船一直等候在江边。红军先头小分队来到江边,船夫以为是探子呢,便懒洋洋地问:"回来了吗?"战士们随机应变地说:"回来了!"接着一个箭步登上了船,就

这样把第一只船弄到了手。后来又从江底打捞出一只破船，进行了修补。两只木船载着红军战士迅速到达对岸，敌人的哨兵还以为是他们的探子从南岸返回，没等弄清情况就被红军俘虏了。接着一个排的红军把正在房子里抽鸦片、打牌、昏睡的一个连的敌人俘获了；另一个排的红军，冒充纳税人，连夜喊醒了江北那个专管敲诈勒索往来客商的厘金卡子的头目林师爷，逮捕了林师爷，消灭了他的保安队。就这样，红军前卫部队很快控制了皎平渡两岸的渡口，大部队浩浩荡荡陆续到达，准备渡江。

金沙江水面不宽，水势凶猛，两岸悬崖绝壁，高达300余米。沿岸数十里，不生树木，无法在此造桥。红军找到六七只木船，大船可载30人，小船只可载11人，有的船已破损，常有水从船底流入，每次来回，都要有专人把船舱里的水用木桶舀出倒到江里去，才能再行摆渡。因水流太

第十三封信

急,木船不能在正对面的岸边停靠,只好在斜对面的石码头边停靠,由船夫划过来,再沿北岸拉纤拉到出发的地方,每小时只能来往三四次。而红军有几万人马,几乎都从此渡江。夜间也不停止,江两岸,点燃了柴草、火把,照得满江通红。

当时,红军成立了渡江指挥部,一切渡江部队都得服从渡江指挥部的指挥。各部队按到达江边之先后,依次渡江,在到江边之前已经在路上宣布了渡江纪律。部队到江边时,必须停止,不能走近船旁,必须听号音前进。而且每一空船返回渡口时,依船能载多少人令多少人到渡口沙滩上,预先指定上哪一只船。每只船都有号码,船内规定所载人数及担数,并标明座位次序。不得同时几人上船,只能一路纵队上船。每船除船夫外,都有一个被指定的负责人,军团长、师长上船也要听命于这个负责人,听命于渡江指挥部,不得例外。

渡江时，船上不许载马，又不舍得把马丢掉。红军想办法让马夫卸下马鞍，坐在船的尾部，拉住牵马的绳，马站在江边上，船离岸时，有专人执鞭驱马，马即跟在船后面游泳过江。

我在十年前，曾到皎平渡访问了三位依然在世的当年的船夫张朝满、李振芳、陈余清。那时，三位大爹虽都已年过花甲，却兴致勃勃地领我们一行人参观了红军总参谋长刘伯承指挥渡江曾站过的龙头石，还专门为我们推出一只大木船，三位老人摇橹、撑篙，拼全力搏战金沙激流，把我们送到对岸。我们看到了狭窄的石滩上面几代船夫打出来的11个砂石洞。当年红军总部就设在这些洞里，毛主席、周副主席各住一个石洞，其他指挥员、电台报务员、警卫人员以及中央机关其他人员也分住在洞里。我们还和几位大爹坐在洞前合了影。张朝满大爹就是当年送毛主席过江的船夫。

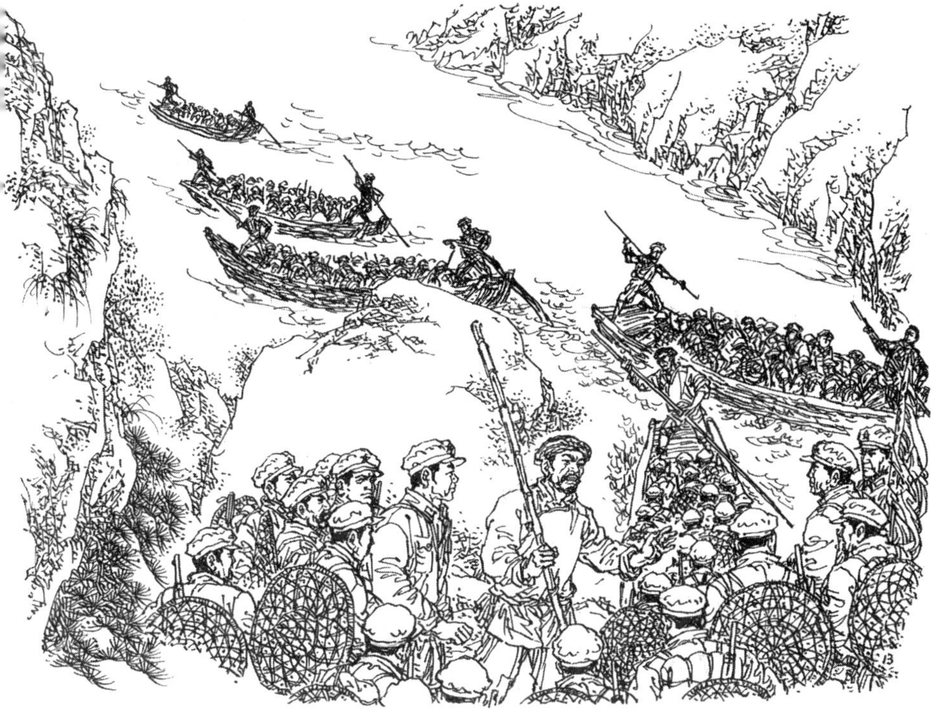

这次我去皎平渡，只见到了陈余清大爹，因为他的家就在渡口码头的上面。十年前，他请我们在他临江的小屋里吃饭，唯一的菜肴是清水煮豆角蘸盐末子。这次陈大爹留我吃了一顿香喷喷的鸡蛋面。

通往皎平渡的公路工程已接近尾声，江边盖起了两层楼房的"文物管理所"，渡口停泊的机动船代替了木船。陈大爹望着波涛疾走的金沙江水像是在回顾流逝的岁月。他说："大队伍过了七天七夜，因为有落伍的，又划了两天，总共九天九夜，红军未掉一人一马。等白军追到江边，红军早已毁船封江，远走高飞了。红军，神啊！"

我和陈大爹在皎平渡的沙滩上合了个影，等冲洗出来，就寄给你。

爸爸

1986 年 4 月 15 日

第十四封信

彝海结盟地

泉泉：

你还小，不一定能理解红军几万人马渡过金沙江的重大意义。你要知道，红军一过了金沙江，就摆脱了蒋介石几十万军队在云、贵、川边境的围追堵截，实现了渡江北上的作战计划，取得了中央红军长征这一战略转移中具有决定意义的伟大胜利。敌人只能在江北岸望江兴叹，无可奈何。当时红军欢喜地唱着一支歌：

金沙江流水响叮当，

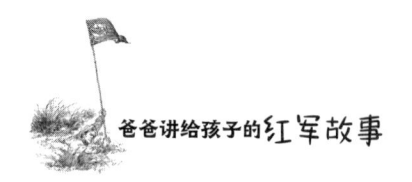

常胜的红军来渡江,

……

铁的红军勇难挡,
胜利地渡过金沙江,
帝国主义吓得大恐慌,
蒋介石弄得无主张,

……

一位1933年入伍的老红军对我说:"过了金沙江,主要是战胜自然界的'敌人',战胜物质条件的困难,战胜寒冷啊,饥饿啊……"的确,长征的红军过了金沙江,就甩掉了围追堵截的敌人,但也并不完全是同自然界做斗争,也有些县城有小股敌人要打。特别是少数民族地区,虽不属于敌我斗争,但因种种原因而难以通过。

红军攻打会理城,没打下来。毛主席在城外的一家铁匠铺里召开了会理会谈,这是一次政治

第十四封信

局扩大会议，共有18人出席。毛主席提出了向北穿越彝族聚居区，渡过大渡河，争取同红四方面军会合的行动计划。这时，他们还不知道红四方面军已放弃川陕边界的根据地，正在其他地区活动，两支部队已断绝了消息。

去大渡河有两条路线，一条经越西到大树堡（今汉源县大树镇）；另一条经冕宁到安顺场，这是人烟稀少的羊肠山路，要通过人们视为"畏途"的彝族聚居区。在漫长的岁月里，历代反动统治者对广大彝族人民进行了残酷的奴役和屠杀，并蓄意制造民族对立，所以汉族人，尤其是汉族军队要通过这个地区，真是太难了。

会理会谈决定主力红军通过冕宁彝族聚居区，直插安顺场；同时派一支小部队经越西向大树堡一带前进，摆出一副由此渡河直逼成都的架势，以便迷惑牵制敌人，掩护主力红军。

我在美丽的大凉山彝族自治州首府西昌，看

到整洁的市中心十字街头矗立着一座高大的双人雕像。这座雕像塑造的是刘伯承将军同彝族首领小叶丹举杯饮酒、彝海结盟的形象。

为了早日参观彝海结盟地,我们匆匆赶到冕宁。红军长征经过这座县城时,曾出现过异常动人的拥军景象。1935年5月20日深夜,城里已是灯灭人静、万籁无声了。红军的先头部队进入冕宁县城,战士们为了不惊扰老百姓,行动都很敏捷,并悄悄在屋檐下露宿。过了一会儿,有人鸣锣高喊:"家家点红灯,点灯迎红军!"顷刻间,整个县城灯火辉煌,人声鼎沸,家家在门前挂上了只有过年才点的灯笼。天亮后,群众敲锣打鼓放鞭炮,夹道欢迎红军队伍。城里到处张贴着"打富济贫""民族平等""欢迎红军""拥护共产党"的标语。这一切,都是冕宁地下党组织工作的成果。5月22日,毛泽东、朱德、周恩来、陈云等领导同志随中央军委纵队进入冕宁城,第二天成立了冕宁县革命委员会和冕宁县地方革命武装。毛主席接见了彝族代表果基达涅，了解了彝族的情况，宣传了党对少数民族的政策。

5月22日这一天，刘伯承、聂荣臻率领的先遣部队进入了彝族聚居区。树林里成群结队的彝族民众呼啸出没，企图阻止红军前进。先遣部队前有包围，后有袭击，进不得，也退不得，情况十分紧急。红军群众工作队队长肖华通过通司（翻译）同彝族果基部落头人小叶丹的四叔果基约达交涉，讲明红军借路北上，刘司令愿与彝族头人结为兄弟。果基约达看到红军纪律严明，消除了怀疑，接受了结盟的意见。

肖华报告刘伯承、聂荣臻后，刘伯承立刻骑马来到彝海边。同时，小叶丹也来了。小叶丹一见刘伯承便要摘掉黑帕子行磕头礼，刘伯承忙上前扶住，说："大哥不要这样。"小叶丹问："你是刘司令？"刘伯承答："我是刘司令。"小叶

丹说:"我是小叶丹,我们大家讲和,不打了。"刘伯承告诉小叶丹说,红军是共产党领导的军队,是为受压迫的人打天下的。共产党实行汉彝平等,红军同彝族是一家人。自己人不打自己人,要团结起来打国民党军阀,以后红军回来,大家过好日子。双方很快达成协议,刘伯承和小叶丹在彝海边喝了鸡血酒,结拜为兄弟。当时小叶丹叫人找了一只鸡,但没有酒和酒杯。刘伯承从红军警卫员皮带上解下两个瓷盅,叫警卫员舀来彝海的水,以水代酒。小叶丹叫身边管家杀了鸡,将鸡血滴入两个瓷盅后,小叶丹要刘司令先喝,按彝族人风俗,先喝者为兄,弟要服从兄。刘伯承高兴地端起瓷盅,并发誓说:"上有天,下有地,今天我同果基小叶丹在彝海边结为兄弟,如有反复,天诛地灭!"说完一口喝了"血酒"。小叶丹笑着说:"好!"也端起瓷盅发誓:"我小叶丹,同刘司令结为兄弟,愿同生死,如不守约,

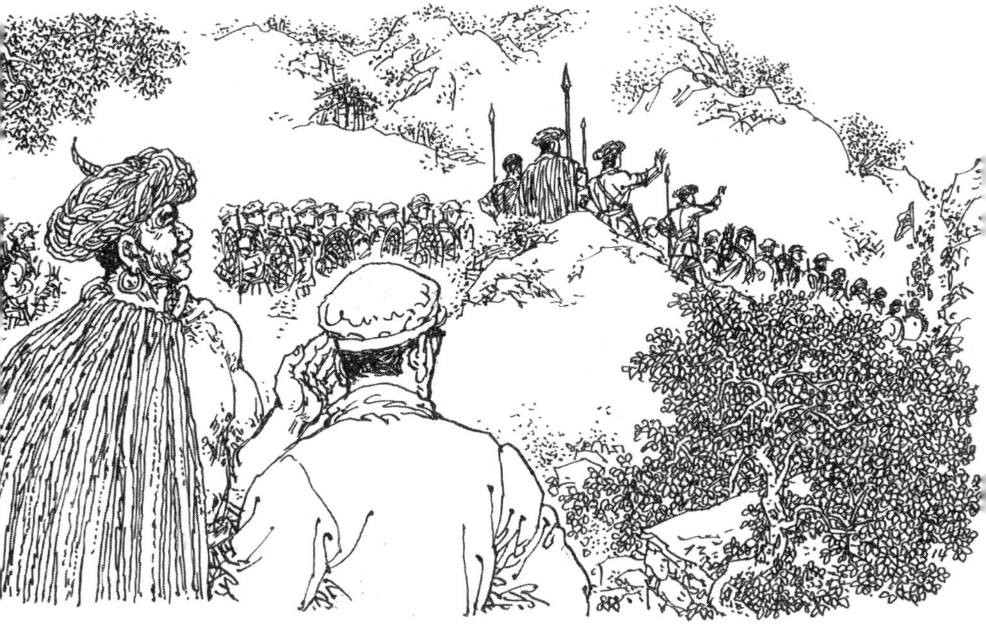

同这鸡一样地死去。"说完也一口喝干。刘伯承当众将自己随身带的左轮手枪和几支步枪送给小叶丹。小叶丹也将自己骑的黑骡子送给了刘伯承。在红军宿营地，刘伯承亲自授予小叶丹一面书写着"中国夷民红军沽鸡支队"的队旗。小叶丹带人亲自护送红军先遣部队通过彝族聚居区，山上山下，成群的彝族人"啊吼"呼喊着，欢迎和欢送红军。有小叶丹和彝胞的护送，红军后续部队畅行无阻，过了七天七夜，全部安全顺利地通过彝族聚居区，到达安顺场。

我怀着敬仰的心情来到彝海边。彝海，原名"鱼海子"，彝语叫"乌勒苏泊"，海拔2000多米，是个高山淡水湖，元宝形，四周山峦环抱，林木葱郁。海子边有一块依其自然形状的岩石凿成的碑，上面刻着红字"刘伯承与小叶丹结盟处"，碑前有铁制的圆栏，中间是草地，草地上摆了几块石头，大约是当年两位结盟者站过的地方。我绕着海子转了一圈儿，海子边的路由陈年落叶铺就，踩上去有弹性，极松软，海子上面时有大雁、野鸭子飞起，密密的林间有乌鸦、喜鹊等飞进飞出。

彝海太美丽、太宁静了。我忽然想起在冕宁古老、狭窄的街巷里，彝族老奶奶卖的樱桃，那粒粒晶莹、鲜红的樱桃，都是刚摘下来的。我从那樱桃想到当年红军远望冕宁深夜家家挂起的红灯笼，想到刘伯承、小叶丹结盟时的滴滴鸡血……

我在彝海拍了许多照片，可惜都是黑白的，没带彩色胶卷去。马上要动身去安顺场，先写到这里。

爸爸

1986 年 4 月 18 日

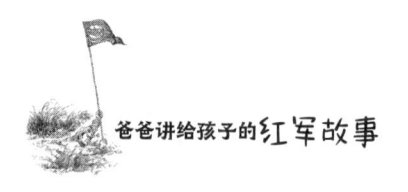

第十五封信

安顺场和泸定桥

泉泉：

小时候,我听过一首叫作《英雄们战胜了大渡河》的合唱歌曲,那激昂的、令人振奋的旋律,至今一想起来仍然热血沸腾。可是我来到大渡河边时正是枯水期,河床里裸露着一大片一大片哈密瓜大的卵石,水瘦得不行,无法想象歌曲里唱的"大渡河水浪滔天"的景象。

大渡河发源于青海省,奔流于与喜马拉雅山相连的山峦之中,流入长江的一大支流岷江。

我在安顺场找到了当年大渡河的老船工帅仕

第十五封信

高,他已年过古稀,而红军抢渡大渡河的时候他只有20岁。他记性颇好,给我讲述了红军渡河的往事。当地老百姓把金沙江叫作"金河"。军阀部队和地主民团听说红军过了金河,十分恐慌,吓唬老百姓说红军来了烧房子、砍脑壳儿,把船都扣在对岸,只有一只船装上石头沉到河底了。红军来了,军阀和民团的兵都跑了。红军不砍老百姓脑壳儿,民团逃跑前放火烧老百姓两间房子,红军来了就扑火,扑熄了。帅仕高清早推门一看,房檐下坐着一排红军在开饭,红军和气得很,管他叫"老板",知道他是船工,很高兴。红军开始只找到了一只木船,就用这只船抢渡大渡河。船上有几个船工,帅仕高掌舵,还有王先顺、张官富等开船的。史料上有17名勇士和18名勇士的不同说法,我问帅大爷,第一只渡河的船到底载了多少人?帅大爷告诉我,原来是18个,有一个人东西掉了,又转回去拿东西。等了一会儿,

指挥员发话了:"老板,不等了,开船!"船一动,对面机枪就扫射过来了。船上指挥员说:"老板,后头来!"帅大爷有点紧张,说了一句:"打起来了。"红军说:"打不到你,不怕不怕!"岸上的红军用仅有的4发迫击炮弹摧毁了敌人4门炮。船到对岸,正涨水,17个红军把船拉到渡口上。敌人甩了五六个地瓜手雷,都没响,红军捡起又甩了回去,敌人全都惊慌地逃散了。这17名勇士是:熊上林、罗会明、刘长发、张表克、张桂成、肖汉尧、王华停、廖洪山、赖秋发、曾先吉、郭士苍、张成球、肖桂兰、朱祥云、谢良明、丁流民、陈万清。职务最高的是连长熊上林。

红军大队人马到了安顺场,加上后来在下游找到的两只船,一共三只船,昼夜摆渡,仍太慢,这样下去得半个月才能把红军全部运过河去。

太平天国起义最后一位领袖翼王石达开和他的4万将士就是在安顺场全军覆灭的。石达开为

第十五封信

了庆贺夫人生了个男孩，命令部下安营扎寨庆祝三天，延误了时机，等他率队伍重新开拔时，河水上涨，清军也追上来了。石达开进退两难，粮食断绝，被迫决一死战。大渡河水被鲜血染红了，石达开把5个妻妾、2个幼子沉入大渡河水流之中，带着一个5岁的孩子和数名随从到清军帐中自首，想以自己的生命换取部下将士们免于一死，结果是他被押解到成都凌迟处决，他的孩子和部下也都惨遭屠杀。

当地老乡指点着太平军扎寨遗址营盘山，讲述着这一曲历史的悲歌。我望着远处铁青色的大山，心中既充满了敬佩，又有一种说不出的酸苦的味道。

当地老乡还讲，红军部队来到安顺场要休整一番，一个叫宋大顺的90岁的老秀才，告诉毛主席不要休息，休息要失败。毛主席听从了老秀才的劝告，急令部队离开安顺场。一部分过了河

的，为右路军，沿东岸北进；没过河的，沿西岸峭壁的羊肠小道北上，去夺取泸定桥。

安顺场到泸定桥全程是320里，军委命令三天赶到，后来又缩短为两天，部队像长了翅膀一样火速奔进。这时候，敌人的增援部队也在向泸定桥扑去。

天上下起了大雨，路很滑，部队行军速度受到了影响。红军战士发扬团结互助精神，互相帮助，有的被搀扶着，有的用绳子拉着，有的拄着拐杖。饿了，嚼口生米；渴了，喝捧雨水。大家团结一心地往前赶路。

深夜，在泥泞的山路上行军实在太困难。突然发现对岸游动的火光，霎时又变成一串火炬，原来是增援的敌人举着火把在赶路。担负着夺取泸定桥任务的先头团团长王开湘和政委杨成武一商量，立即命令部队把附近小村庄老乡家的竹篱笆全部买下来，绑成火把，点燃行军。他们从俘

第十五封信

房那里弄清了敌人联络的号音和信号，冒充敌人的一支队伍，把敌人唬了，敌人真以为他们是"同伙"呢！这样，两支举着火把的队伍，冒着风雨，隔着河一齐赶路，走了有30里，敌人也没发现这边走的正是他们梦想着要去消灭的红军。午夜时分，雨太大，敌人宿营休息了，红军趁机加快步伐赶路，终于抢在敌人前头，到达泸定桥西岸，抢占了河西全部沿岸阵地。

泸定桥是一座悬索桥，跨度为101.6米，宽2.8米，底部距离枯水时的水面约14.5米，建于清康熙时期，横跨湍急的大渡河。河床上没有桥墩，桥身由13根铁索组成，其中9根做桥面，4根做扶手。铁索用铁环扣成，桥面铺木板。对岸敌人发现了红军，不断开枪打炮，抽掉了所有的桥板，只剩下光溜溜的晃晃荡荡的铁链子。对岸的敌人狂妄地喊叫："有种的飞过来吧，我们缴枪了！"这种挑衅，对红军战士是最好的动员，

红军战士高声地回答敌人:"你们等着缴枪吧!"

先头团很快地组成了以廖大珠连长为首的22个人的突击队,每人带一支枪、一把大刀、十几个手榴弹,他们在没有桥板的铁索上匍匐前进。整个先头团的号兵一齐吹冲锋号,并用机关枪掩护着。突击队冒着危险一寸一寸向前艰难移动。他们身后的部队则跟进铺木板。敌人被红军这举动吓坏了,他们把桥楼点着了,把桥头的一些木板洒上煤油也点着了。勇士们冒着浓烟烈火,顶着枪林弹雨,冲上了对岸,同敌人进行殊死的搏斗,子弹、手榴弹用光了,就抡起大刀砍。由于后续部队及时赶到,一并投入了战斗,红军在很短的时间里就赢得了胜利。22名勇士牺牲了4人,其他英雄们得到了奖励,每人获得一套列宁服、一个日记本、一支钢笔、一个搪瓷碗和一双筷子。

半个多世纪过去了,泸定铁索桥依然屹立在

第十五封信

汹涌的大渡河之上。我在这桥上走过来又走过去,手扶着一节节巨大的铁环,俯视着桥下奔腾的激流,想了许多许多。在漫长的革命道路上,英勇的前辈们把这样没有桥板的铁索,都可以变成胜利的坦途,那么,还有什么样艰难困苦的路走不通、走不过去呢?我写了一首小诗,抄给你

爸爸讲给孩子的红军故事

看看:

  迎着纷飞的战火,

  攀着摇荡的铁索,

  头上是翻卷的乌云,

  身下是汹涌的大河。

  飞夺泸定已成历史的传说,

  前辈们自有他们壮丽的生活。

  每一代人引以自豪的,

  都不是据守,

  而是开拓……

爸爸

1986 年 4 月 20 日

第十六封信

翻越大雪山

泉泉：

过去人们常常用"爬雪山，过草地"来概括红军二万五千里艰苦卓绝的英雄业绩。当我爬上红军登攀过的大雪山，才感到这种概括是那么准确！

老实说，我不是徒步爬上雪山的，而是坐着越野车上去的。即使是这样，我也深刻地感受到了爬雪山的艰险。

车子停在了积雪的鹧鸪山顶，那山垭口阴风嗖嗖地吹着，远处、近处，一座座雪山高高耸立，

条条雪带如同老虎身上的花纹，顺着山的褶皱垂下来。我一下子喜欢上这雪山的景致，想拍照留念。车上另两位同行者也有这种念头。我们走下车来，竟晕得站不住脚，大约是山顶上空气太稀薄，发生了高山反应，只给我拍了一张照片，大家就挺不住了，赶紧上车，往山下开去，离开山头越来越远了，才逐渐好一些。直到第二天我们仍昏昏沉沉的，好像反应还未消失。

在雅安，我访问了一位叫王林的老红军，翻夹金山时他才15岁，还是个孩子。夹金山是大雪山的一个隘口，海拔4000多米。老百姓管它叫"神仙山"，意思是只有神仙才能过去的山，凡人休想翻越。王林还记得那个顺口溜："夹金山，九拐十三弯。到了夹金山，性命交给天。到了新街子（小金川），抱一个灵牌子。"这是形容大雪山对生命的威胁。王林记得那山上冰封雪裹，空气异常稀薄，他的一个班长在距离山顶还有不到100米的地方停住脚，倒下去就牺牲了，大家扒开一个雪窝把他埋葬了。那时山上别说不像现在开了公路，就连条小径也没有，一步没踩好，顺着冰坡滑下去就没影儿了。新中国成立后，政府派人上山栽松树，修筑公路，收了300多具尸体，还挖出一些驳壳枪、长枪、手榴弹等长征中红军的遗物。

翻越雪山之前，红军的卫生员向指战员介绍了高山、冰雪和严寒对健康的危害，告诉大家不要在山上停留，要尽量多穿衣服，要用布条遮一下挡着眼睛，防止雪盲。

宣传队员打着竹板，不停地向走过身旁的红军战士宣传翻越雪山的注意事项："夹金山，高又高，注意事项要记牢：裹脚要用布和棕，不紧不松好好包。到了山顶莫停留，坚持一下就胜利。病人走不起，帮他背东西。大家互助想办法，一定帮他过山去……"

牺牲的多是病号、伤员、体弱者和担架员、炊事员。担架员和炊事员主要是负重过大。有的炊事员背着行军锅和柴火，在山顶上化雪烧姜汤，待他们把热汤送到别人手上，自己却永远地倒下去了。

过雪山时，毛主席未穿棉袄，棉裤和布鞋都湿透了，还遇上一阵冰雹。他的警卫员陈昌奉几乎晕倒，毛主席把他扶了起来。山上不是下雾就是刮风，积雪常常从山头崩落。周恩来副主席过雪山着了凉，他的警卫员魏国禄紧紧跟随着他。魏国禄看见自己的一个老乡倒了下去，还没等他走到跟前去搀扶，那人已经停止了呼吸。战士们把他的尸体放在山缝里，用雪埋上，便默默地又上路了。

天晴了，太阳把雪山照得晶亮，晃得人睁不开眼。雪很深，每前进一步都要花费很大的气力。有的滑倒了，大家就把他扶起；有的不小心掉到

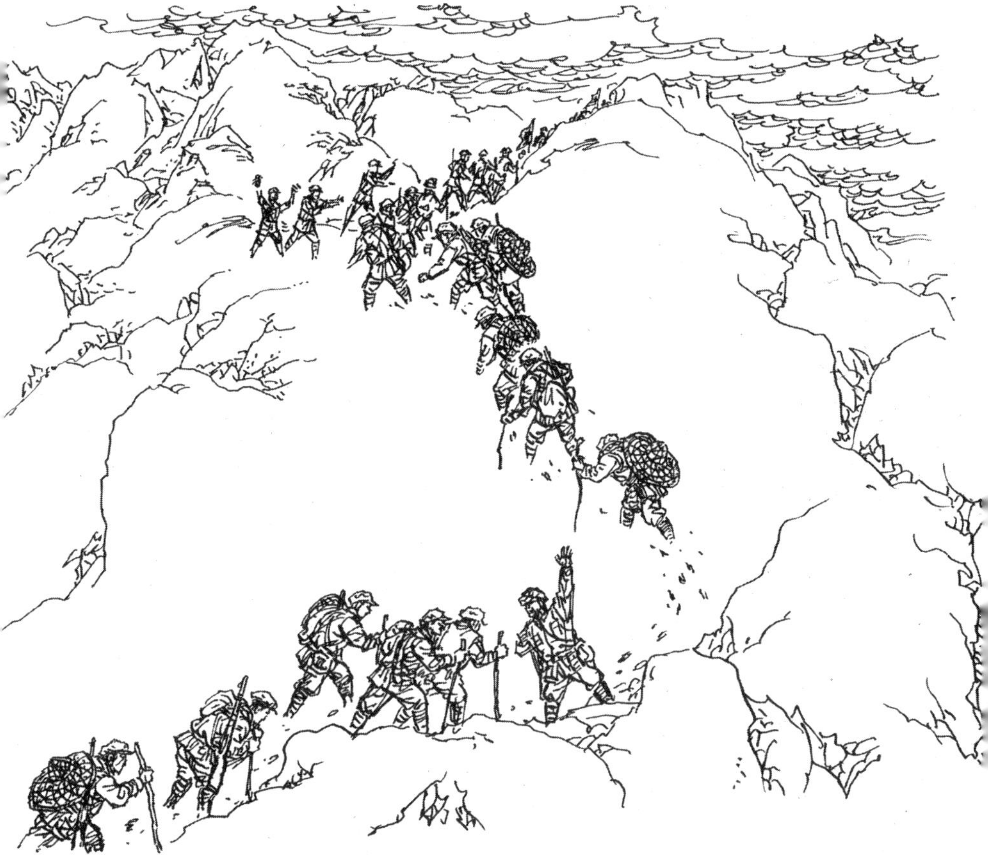

大雪窝子里,他身前身后的人就赶紧递过去木棍、绑腿,拽的拽,拉的拉,人被救上来后,大家帮他拍打身上的雪,再一起前进。凛冽的寒风卷起雪沙,打在脸上、手上,就仿佛刀子割划一般。红军战士冒着暴风雪,忍着疼痛,跟跟跄跄地行进,都喘不过气来。

在这样恶劣的环境中,筋疲力尽的政工干部和宣传队员仍在履行自己的职责,他们说不出话,气不够用,就打手势,或拍拍战士们的肩膀,给大家鼓劲,说明前面不远就是山口了,最艰难的路段已经走过去了。

红一方面军前卫团的前卫营刚刚从雪山下来就听到一阵枪声。望远镜里影影绰绰地发现有一伙人背着枪,是一支部队。前卫营展开了战斗队形,准备战斗。团里派出了侦察员,并用号声同那陌生的队伍联络,侦察和联络的结果是,同红四方面军相逢了!这消息太令人鼓舞了!红一方

第十六封信

面军抢渡金沙江，飞夺泸定桥，都是为了实现中革军委提出的同红四方面军会合的目的，谁也没想到两支队伍竟这么巧地相遇到一起了。陌生的战友跑到一块儿，又是握手，又是拥抱，又是喊叫，又是哭泣，又是高唱，许多人激动得说不出话。

两股铁流汇到了一处，在山下的大维村搞了个会餐，副食有牦牛肉、羊肉、土豆片，主食有青稞、苞米面糊糊。晚上，在熊熊燃烧的篝火旁，两支队伍开了一个会师联欢会，江西小调、四川民歌、兴国山歌、各种幽默等快活的小节目，把战士们欢腾的情绪推到了顶点。第二天，两支队伍又都组织了参观团，互访互学，亲如一家。

党中央在两河口的一座关帝庙里举行会议，据说，张闻天、毛泽东、朱德、周恩来、张国焘、王稼祥、博古等7名政治局委员出席了会议。会议决定红军主力继续北上，在运动中大量消灭敌人，首先取得甘肃南部，创建川陕甘苏区根据地，

以争取中国西北各省及全中国的胜利。

离开大雪山许久了,我还在激动地想着:我是在吃得饱、穿得暖的情况下,乘越野车攀上大雪山的,只下车那么非常短暂的一小会儿,就感到受不了啦,赶紧上车下山。当年的红军却是身上衣单,腹内空空,又连续行军打仗,疲惫不堪,身上还背着枪支弹药和一些生活用品,许多人穿着草鞋,据史料记载和老红军回忆,还有些人打着赤脚,他们是怎样一步步翻过这神秘、庄严、恐怖的大雪山的呢?他们不愧为钢铸铁打的英雄汉、人间奇迹的创造者啊!

爸爸

1986年4月26日

第十七封信

雪山上那只紧攥的手

泉泉：

你是知道红军英雄们爬雪山、过草地的故事的。

我在重走长征路上，听到太多关于红军爬雪山和过草地的故事，让我感到心灵震撼！

在大雪山，有一名红军战士，冻僵的遗体被埋在雪里，但在雪堆外面露出了一只手臂，手臂的末端是一只紧握着的拳头。路过这里的战友掰开他的拳头，发现手里握着的是一个党员证和一块银圆。党员证上写着："刘如海，中共正式党

员，1933年入党。"这块银圆，大约就是他要交给组织的最后的一次党费吧！

交党费，在和平年代，似乎是一个很平凡很普通的习惯性事情，但在战争年代里，在特殊的环境下，交党费竟然是这样的令人动容！

我认识的军旅作家王愿坚，曾在他的小说《党费》中，描写了在新中国成立前的革命岁月里，几名党员凑在一起腌咸菜，作为党费送给山上同志们解决实际困难，后来，女主人公黄新因此还献出了生命。

长征结束后，红五军参谋长李屏仁在甘肃永昌战斗中，在前线观察敌情时，被敌人的子弹打碎了左胯骨。1937年3月，他牺牲时，留给同他一起寻找大部队的伤员、红五军13师37团政委谢良一本书和一封信。信是这样写的：

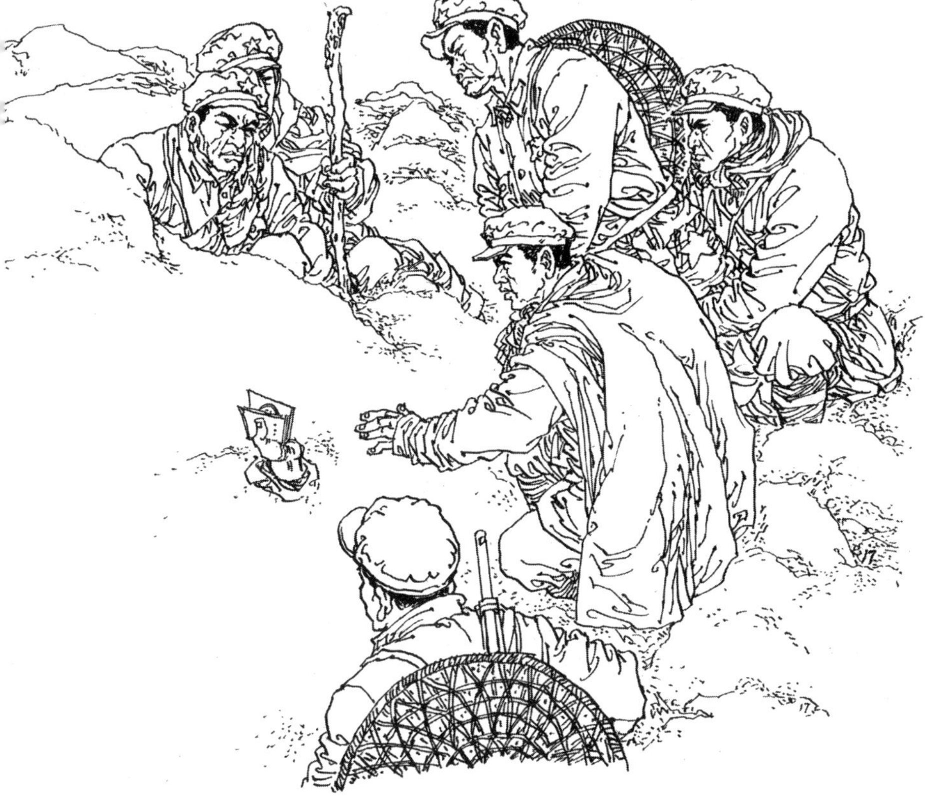

亲爱的老谢同志：

这是我向同志们的最后告别。

这本《共产党宣言》，是我革命的启蒙。是它，给了我至死不渝的信仰，使我从黑暗走向光明，使我成长为一名坚定的党的战士，光荣的人民的儿子，这是我的骄傲与自豪。7年来，我一直珍藏着它，也不知读了多少遍，现在，我将它作为唯一的一件神圣的遗物赠交给你了。这是我们之间最伟大的纪念！

我希望你能胜利地走出去。你一定要找到党，找到同志们，请代我向党汇报，向同志们问候！亲爱的党，亲爱的同志们，永别了。

这个红军干部李屏仁至死也没有改变信仰。

泉泉，人活在世上，不能没有信仰。你可能要问：信仰是什么呀？信仰是对某人或某种主张、主义、宗教极度相信和尊敬，拿来作为自己行动

第十七封信

的榜样或指南。

信仰是一种心理机制,是人对生活的一种态度,是人类精神意识的一种思维机制。

上面的话有点抽象,有点枯燥,但你要知道,信仰的独特功能表现为巨大的凝聚力。在革命战争年代,为理想和信念而斗争,往往要付出鲜血和生命;而在今天,这种为理想信念斗争的代价可能更多的只是失去一些物质或精神方面的利益。

伟大的科学家爱因斯坦,曾在1952年拒绝了担任以色列总统——许多人将其看成最大的权力和最高的荣誉——的邀请,同时他又拒绝了每分钟1000美元的演说聘请——诱人的物质利益。他说:"现在,大家都为了电冰箱、汽车、房子而奔走、追逐、竞争。这是我们这个时代的特征了。但是还有不少人,他们不追求这些物质的东西,他们追求理想和真理,得到了内心的自由和

安宁。"爱因斯坦追求的,就是造福人类的科学真理,他以自己毕生的精力实践了自己的这种追求。

那名永远躺倒在雪山上,伸出手臂紧攥党证和银圆要交最后党费的红军战士,值得我们永远地怀念和崇敬!

爸爸

1986年4月27日

第十八封信

茫茫的大草地

泉泉：

谁能够说清楚大草地是个什么样的地方呢？一本书里这样写道：大草地是两脚老是浸湿的地方，是马掌足印立刻消失的地方，是人和马跌进大草堆的泥泞中即使侥幸被拉扯上来，也要在寒风中战栗的地方。这话对吗？

我是在翻越雪山之后的第二天进入草地的。

越野车从马尔康出发，在弯曲起伏的山路上跑了很久才摆脱大山的遮挡。草地在哪儿？草地在哪儿？我急于要见到它。陪同我们前往大草地

的阿坝军分区的一位干事说:"我们已经进入草地了。"

怎么?这就是当年红军所经过的可怕的草地吗?我擦了擦眼睛,透过明亮的车窗,看到的不是我想象中的那个草地,它不像我曾去过的呼伦贝尔、哲里木、巴林草原那样一望无际,而是远处有崇峻的雪山在闪烁,近处有波浪似的土丘在起伏。草地是高原坝子,已是四五月之交,绿草才仅仅钻出一点芽,远远望去,只能看到很浅淡的朦胧的绿色。一路上我们不断看到藏族牧民的帐篷,帐篷边拴着狗,成群黑的牦牛、白的绵羊,以及骑着骏马圈畜的男子汉和骑着牦牛边放牧边哼哼呀呀唱歌的孩子。

当地的人告诉我们,草地分干草地和水草地两种。水草地就是沼泽。藏民说红军走过的草地就是水草地,还是通海底的,上面是稀泥,有塔头草,走的人多了,草皮经不住了,人就陷下去了。

第十八封信

牧民知道这儿淹死过好多红军,他们用长长的牦牛绳,绳头坠个石头,往草地的水洼处放,绳子到了头,也没探到底,所以就说这草地通着海底。

1935年8月,红一方面军一军团在毛儿盖、波罗子一带集结待命,前面就是神秘莫测、人烟稀少的水草地。中央政治局毛儿盖会议作出决定,红军要通过草地北上。毛主席对过草地的先头团红四团领导说:"要知道草地是阴雾腾腾、水草丛生、方向莫辨的一片泽国,你们必须从茫茫的草地走出一条北上的行军路线来。""敌人判断我们会东出四川,不敢冒险走横跨草地、北出甘陕的这一着棋。但是,敌人是永远也摸不到我们的底的,我们偏要走敌人认为不走的道路。"毛主席还让他们多做些"由此前进"带箭头的路标,每逢岔路,插上一个,以保证大部队顺利前进。

8月21日清晨,先头团首先开进了草地。

草地是一片茫茫的大草原,在草丛上面笼罩

着阴森迷蒙的浓雾，辨不清东南西北。草底下河沟交错，积水泛滥，很难找出道路。

红军找到一位60多岁的藏族通司当向导，战士用担架抬着通司，依着通司指出的草根密集的地方，一个跟着一个往前走。

草地上天气说变就变，50年以后依然如此。我在一天里度过了四个季节：清早温暖如春；中午烈日当头，那好看的卷云横陈天空，炎热似夏；下午竟刮风下雨，宛若深秋，过一会儿又晴了，太阳一出来，地面上的雨水干得不留痕迹；傍晚，雪花纷飞，铺天盖地，有如初冬，我把随身带来的全部外衣、毛衣都套上还冷得打牙巴骨呢，多亏借了毛皮军大衣！

可以想见当年红军过草地时所经历的艰难困苦了。风雨一来，衣服湿透，地面是水，战士们只好在风雨中站着过夜。整个红军部队在缺少粮食和衣服的情况下同恶劣的大自然搏斗。先头团

第十八封信

经过6天，于26日走出草地，到达班佑。

有一位老红军在日记里这样写道："今天，我发现一个同志在泥水中挣扎，身体缩成一团，浑身都是泥浆。他紧紧地攥住步枪，这支枪已经活象（像）一根泥棍。我以为他是跌进泥坑里，打算爬出来，就扶他站起身来。我把他拉起来后，他勉强挪动了两步，全身重量就都压在我身上了，实在重得很，我几乎支不住他，更不用提行走了。我放了手，要他自己走，他又跌倒下去，泥浆四溅，可是还用力抓住步枪，打算站起来。我又拉他起来，可是他身体太重，我则太虚弱，拉也拉不起来了。我看他就要断气，想起身边还有炒青稞，便喂给他，可是他连嚼都不能嚼，看来不是口粮可以解救得了的。我小心翼翼地把炒青稞放回干粮袋里，等他咽了气，便站起身来，继续前进，让他独自躺在那里。……我要不这样，也只有倒下去，跟部队失去联系，而终于死亡。"

一位老红军亲眼看见一匹战马掉到泥淖里，战士把马肉割下来打算留着吃，有的战士不让割——马还没死呢，但眼看要沉下去了。那真是惨不忍睹的一幕啊！

阿坝藏族自治州壤塘县南木达村有个70多岁的老奶奶，叫垠木准，她回忆说："红军走了以后，我返回南木达，路过阿斯玛沟时，亲眼看到沟两边死了很多红军。他们是围着火堆死的。有的锅里还有煮熟了的野菜，没有吃就死了。有的死了后，手里还端着盛有野菜的碗。像这样死去的，有30多个堆堆，每个堆堆都有那么七八个人。"估计死亡原因是吃野菜中毒，或得了传染病。红四方面军一位老战士告诉我，他第二次过草地时，看见草地上一处处白骨，那都是第一次过草地时倒下的战友。仅在草地上因冻、因饿、因中毒、因沉陷于泥沼而死的，就有多少条生命啊！

第十八封信

一位已经进了干休所的老红军告诉我，那时连里有打旗兵，一般由年纪小、身体弱但又很机灵的红军小战士担任。他们连过草地时，走在前面的那个打旗兵陷进了泥沼，眼看打旗兵和那杆红旗就要沉下去了，大家好一阵紧张，但谁也不敢轻易行动，怕把事情搞得更糟。这时只见打旗兵小鬼吃力地把歪倒的旗杆垂直地立在地面上，而他自己的身体却因此越陷越深了，他宁肯牺牲自己的生命，也要维护红旗的尊严。战友们急中生智，把一杆杆长枪平放在水草地上，摆成一个个"十"字，一位机智灵活的班长，轻轻从一个个"十"字爬到打旗兵身边，伸出扁担，硬是冒着危险把打旗兵拖了出来。队伍继续往前走时，打旗兵小鬼仍走在头里，后面的战友们望着他那单薄、瘦弱、矮小的身躯，想着刚刚发生过的那动人心魄的情景，油然而生一种敬意，一种战胜艰险、继续前进的动力。

漆黑的草地之夜，炉火早已熄了，旷野的风呼啸着，带着千军万马挺进的气势，也带着袭人的奇寒，从门隙、从窗缝儿钻进我住的小小的土屋。我不能入睡，不是因为寒冷，而是因为我在草地上看到的一切和听到的各种各样的故事……

爸爸

1986 年 4 月 28 日

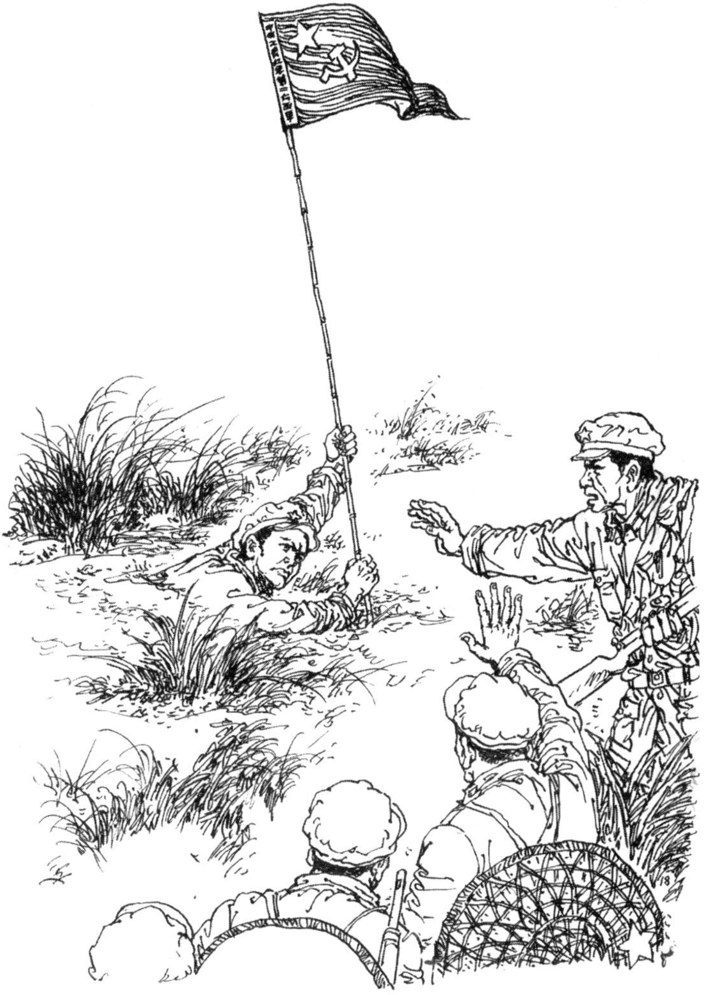

第十九封信

冻死的军需处长

泉泉：

俗话说，活在人间，穿衣吃饭。可见穿衣和吃饭两大项，是人生存在世界上最基本最重要的事情了。

吃和穿，在漫长的红军长征途中，自然也是最最紧要的事情。

我访问过一个叫汪文忠的老红军，在他的记忆中，长征最苦的是过草地，吃和穿都成了最大的问题。最紧张、最缺少的是粮食。因为缺粮，连最低的生活保障都难以做到了。

第十九封信

在没有遇到敌人袭击的情况下,一个风雨之夜,红6师就牺牲了140人!许多烈士嘴里含着野菜……

粮食啊,粮食!

担任红二方面军和红四方面军长征后卫的红5师15团1营营部的通信班,有一天,在敌人扔下的帐篷里找到了一大口袋青稞,这真叫人喜出望外。

"把它煮了吧?"有人提议。

"不行!"多数人反对,他们说,"不能只顾我们自己吃饱。北上抗日需要大家都去,缴获要归公,应该交给全营!"

一个营部的通信班想到了全营。

这时营长来了,营长知道这件事之后,果断地说:"还应该分给全团,让全团都北上!"

一个营长想到了全团。

团首长来了,团首长看到这一袋青稞一粒

也没人动过，深深为战士们这种团结友爱的精神所感动。这一袋青稞，全团每人分得了一小撮……

最先想到别人，想到更多的人，不是在富得流油的时候，而是在自己或自己的团队与别人、与更多的人处在同样困难的条件下，这就是患难中见格局啊！

在阴寒的天气里，红军队伍艰难地走着。一位将军把他的马让给了重伤号，他边走边检视前后的队伍。这时，他突然发现前面路边有一个因冻饿而亡的老兵，老兵坐在一棵枯树旁，身上落满了雪，半截纸卷的草烟还夹在右手的中指和食指间，烟火早被风雪打灭。他微微前倾着身子，好似在向从这儿走过的战友借火。那单薄的破旧的军衣紧紧裹在他瘦弱的身上。将军脸上布满了阴云，他厉声吼道："快把军需处长给我找来，他是干什么吃的？为什么这个兵没领到御寒的棉衣？我要罢军需处长的官！他不配，不配任这么重要的职务！"他吼完，却无人应答，也无人走开。

最后是他的警卫员跑去又跑回，回来俯在他耳边悄声地说："首长啊，这位冻僵的，就是军需处长……整个队伍，缺的只有他的一套棉服……"

原来是这样子啊！身经百战的将军此刻眼里涌满了泪水，他立刻脱帽致敬，周围的官兵也和将军一样，面对这尊低矮却无比高大的"雪雕"，一只只右手五指并拢，举至齐眉，向舍我的牺牲者敬了一个庄严的军礼，表达深切的哀悼，更表达由衷的敬佩！

泉泉，看，写到这里，我自己眼里也有湿热的泪了！

这就是我们长征中的前辈们，更多的是没有留下姓名的英雄！他们谱写了令全世界的人们仰

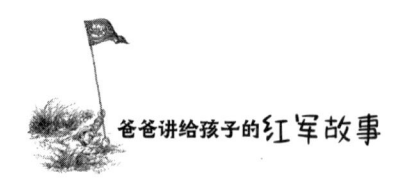

慕和敬佩的英雄史诗!

爸爸

1986 年 4 月 29 日

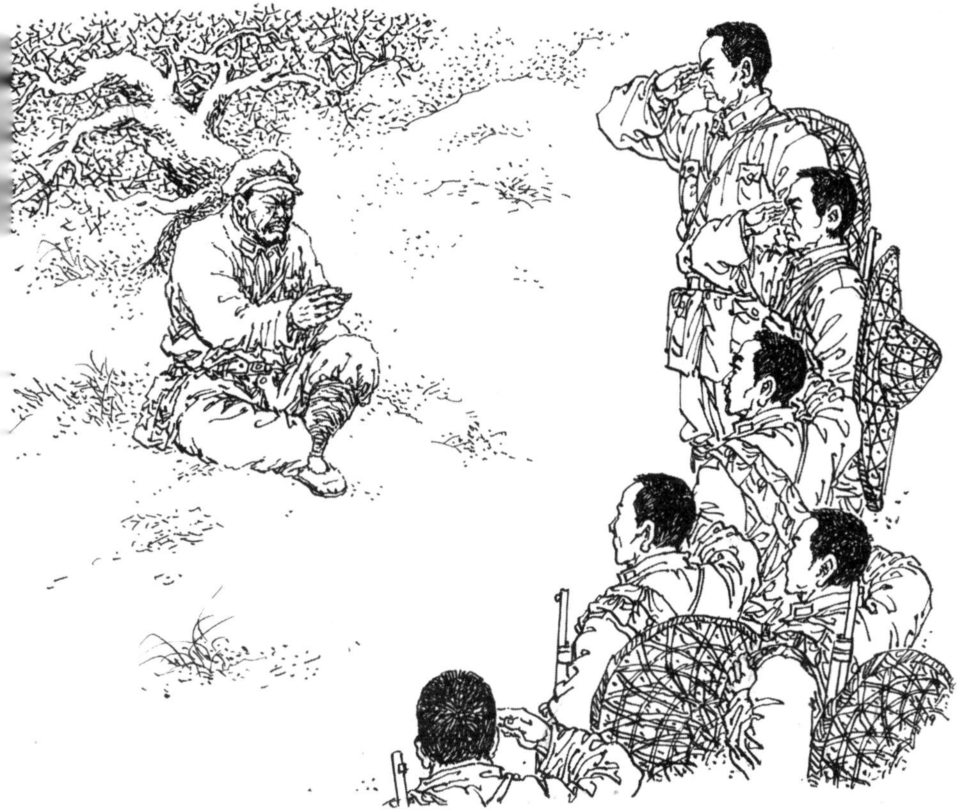

第二十封信

流散红军

泉泉：

在老区，在红军长征走过的地方，我见到许多当年参加过长征的红军战士，他们因负伤、生病、年幼体弱等各种原因没有走到陕北，在半路上流散了，如今被称作"流散红军"。

在一个偏僻的县镇街巷里，县民政局局长陪我随便地走着，迎面走来一位蓄长须、背着两手赶路的老人，局长告诉我："这是红二方面军的，1933年入的伍。"走不几步，在一家门前看到一位盘腿而坐的、叼着长烟杆儿的长者，局长介绍说："他是红四方面军的，1934年入的伍。"再往前走，有一个小烟摊儿，局长指着那个卖烟的老太太说："她当过红军的护理员，1938年流落到这里。"……他们流散后，有的打长工，有的做小买卖，有的乞讨，有的当了上门女婿，还有的组织地下革命武装。其中的一部分人，被白匪或还乡团抓去残害了；也有极少的一部分人伤好病愈后，千方百计追上了革命队伍，或辗转千里返回了故里；而大部分人就地扎根，成了当地的农民。

我在阿坝藏族自治州红原县了解到这里曾有4名流散红军。他们是史树森、罗大学、吴贵春、侯德明，都是1936年流落到这里的，那时他们都是十几岁的小红军，有的是渡河掉了队，有的是生了病，流散后一直生活在藏民中间，除罗大学外，都起了藏名，分别是扎西、俄日、罗尔伍。经年累月，他们不仅生活习惯和语言全改变了，

而且连长相和神态,都跟藏民没什么两样了。当他们骑着骏马,带着儿孙,在大草甸子上放牧时,你无论如何也想象不出,他们曾经是从江西、湖南或四川出征的汉族红军战士。

有一位流散女红军,叫王心一,四川通江县人,因家里穷,13岁就当了童养媳。受不了婆婆的虐待,她多次逃回娘家。但娘家人怕她回来无法养活,便对她极冷淡,见面也不认她,她觉得生活已走投无路,无法忍受这种折磨痛苦,便在红军到她家乡时,毅然决然地参加了红军。她开始在洗衣组,后来在红军医院当护士、护士班班长,后来还光荣地加入了中国社会主义青年团。1935年她在长征中担任作战部队的班长、排长,红一方面军与红四方面军会师后,部队北上,她又被安排到医院工作。突破腊子口后,部队驻麻子川一带,她因得了疟疾不能继续行军,就只能留下了,那一年她19岁。有一个务农的男子,

✉ 第二十封信

把她打扮成当地媳妇，收留在家，藏在洋芋窖里，直到白匪搜捕风声过去之后，才以纳妾为名，把她带到县城的家中。她一直隐瞒了真实的身份，她想：红军迟早还会回来的。于是，她把团证、残疾证、当红军的相片底片，以及红军发的几张苏维埃布币和一枚铜币用碎布包好，藏在柜子底下一个墙窟窿里，没告诉任何人，直到新中国成立后，才挖出来。可是由于年久受潮，除那枚铜币的图案、文字还能看清外，其他东西均已破损不堪，她便把这枚唯一的可作纪念的铜币珍藏下来。她珍藏的是她当红军的岁月啊！

从定西到会宁的路上，我们拐到一个叫华家岭的地方，在一个大村子里歇息，无意间见到两位流散红军。一位叫梁臣，1931年在四川通南巴参加苏维埃童子团，后来随红军长征，在特务连当班长，攻打会宁时负伤，是二等一级残疾。负伤后，他住老乡家，没钱，便给人家做杂活、

种菜。伤好了，他要去延安，去了两次都被路上的盘查卡住了，没去成。为了证明他参加长征的经历，他写信给徐向前元帅，徐元帅给他回了信，写了5页纸。另一位叫李启荣，四川仁山人，也是因负伤留在这儿。他家兄弟7个，都参加了革命，4个牺牲了，有2个负伤的兄弟也没了音信。他也是二等一级残疾，每月有生活补助。我在梁臣家，看到擦得亮亮堂堂的毛主席瓷像，上面还有大花。墙上贴着元帅们的骑马像，其中就有他曾经熟悉的徐向前元帅。他们虽然早已退伍了，可仍一直怀念着统率他们打天下的将帅和领袖，同乡亲们常常说起这些将帅和领袖的名字。这是他们精神上最大的慰藉和快乐，也是他们最感光荣的事。

在志丹县，我见到一个叫李群的四川绵阳籍的老红军，他不属于流散红军，他是个退伍红军。在他还不到15岁的时候，父亲送他当了红军。

第二十封信

他在红九军供给部工作,过草地时,呼呼的黑水没过膝盖,走了一天,腿上起红疙瘩,中了毒,后来住了院。他从红军队伍退下来后,到了志丹县,现在和另外 3 个老汉承包一座曙光果园,一个人侍弄 100 多棵果树。果园每年能收万余斤"红元帅"和"黄元帅"苹果。他住的是宋代边防军

打的窑洞。门两边的对联写着:"春风早临英雄门第,喜报频传光荣人家。"站在他家窑洞前的土坡上,望着他用辛勤的汗水浇灌的果园,我看见他眼里露出了欣喜和自豪的光。

有很多参加过长征的人,并不认为自己与普通的群众相比有什么特殊,但他们珍视自己的经历,并不以此居功自傲。正是这些平平凡凡的人、普普通通的血肉之躯,用激昂的青春、鲜红的热血、辛劳的汗水、悲愤的泪水,乃至宝贵的生命,集体撰写了这部可供多少代人咏叹的长篇史诗,这史诗的名字叫作"长征"。

爸爸

1986 年 4 月 30 日

第二十一封信

哈达铺"转舵"

泉泉：

我之前给你的信中就曾说，红军长征可不像运动员跑马拉松，知道预定的路线和里程。红军撤离原来的根据地，并不晓得要走二万五千里，要走一年到陕北，这完全是没有预料到的。正像黄河水从巴颜喀拉山发源之后，究竟要流到哪里去，并不是事先设计好了的，而是东闯西撞，百曲千折，依势顺情，最后拐了一个大"几"字，向东流入了渤海。

当时，中央被迫放弃瑞金和中央苏区，最初

是想到湖南西部同红二、红六军团会合，建立新的革命根据地，由于敌人在红军前进的道路上预置了重兵，张网以待，如果硬要按原计划去湘西，就有全军覆灭的危险。因此，只好放弃这一计划，改向敌人兵力薄弱的贵州前进。中央红军占领遵义后，原准备在遵义站住脚，进而建立川黔边革命根据地。由于蒋介石重兵拦截，党中央和中央革命军事委员会决定，中央红军由遵义地区北上，在泸州上游渡江，到川西北地区协助红四方面军实行总反攻，争取赤化四川；后来又由于敌人加强了长江防御，不得不决定暂缓执行北渡长江的计划，改取以川滇黔边境为发展地区，争取由黔向东的有利发展。著名的四渡赤水之战，也是避敌重兵、迷惑歼敌的一个出色的范例。蒋介石在贵阳督战，中央红军乘虚进军云南，并很快渡过了金沙江。过了雪山草地之后，中央红军进入了甘肃南部地区，那时确定的总方针是"占领陕甘川三省,建立三省苏维埃政权"。

我是从甘肃省迭部县乘车到达腊子口的,这里果真是名不虚传的天险。山口仅有几十米宽,两边大山又高又陡,山壁极为险峻,峡谷里的风都不同寻常,猛烈而有声响。在那狭长曲折的山谷里,有一条腊子河疾速地激溅流淌。这就是著名的腊子口战役旧址,有一座甘肃省人民政府建立的纪念碑,碑文刻写着:"一九三五年九月十六日,毛泽东、周恩来同志率领的中国工农红军第一方面军,在举世闻名的二万五千里长征途中,越过雪山草地之后,突破了国民党重兵扼守的腊子口天险,打开了通往陕甘革命根据地的胜利道路……"

这个时候,红军还没有决定开往陕北呢!午后,我来到甘肃宕昌县哈达铺镇。从盘山的公路上远远地望见那较平缓的地势上的一片小土屋和小屋顶升起的连成一片的淡蓝色、乳白色的炊烟。

这镇子虽小,却很有名,这不仅因为它盛产中药材当归,更重要的是因为红军到这里转了"舵",从这里奔赴陕北根据地,为北上抗日和取得全国解放明确了目标和方向。

红军攻克了腊子口天险,叫敌人大为惊慌失措,匆匆奔逃四散,红军很快进驻了哈达铺镇。

下一步向何处开进?去甘肃、陕西,还是去宁夏?北上抗日是定了的,但还没有形成具体的目标。

红军先头部队攻占哈达铺镇时夺取了它的小邮局。这儿有成堆的报纸,有国民党的《山西日报》,还有《大公报》《益世报》等等。毛主席和其他中央领导同志兴致勃勃地阅读这些报纸。报纸上连篇累牍地报道"围剿"陕北"赤匪"的消息,毛主席在敌人的报纸上看到陕北红军和陕北根据地壮大得令敌人寝食不安的报道,得到了红二十六军军长刘志丹、红二十五军军长徐海

第二十一封信

东仍统率部队与敌人英勇斗争的信息。这真是太令人鼓舞了!

哈达铺镇到陕北根据地还有七八百里路,中央决定把队伍带到那里去。

1935年9月22日,党中央在哈达铺镇关帝庙前的院子里召开全军团以上干部会议,毛主席在会上做了重要讲话,他说:"同志们……自从去年我们离开瑞金,过了雩都河,至今快一年了。一年来,我们走了两万多里,打破了敌人无数次的追、堵、围、剿。尽管天上还有飞机,蒋介石连做梦也想消灭我们,但是我们过来了,过了江西、湖南、广西、贵州、云南、四川,过了金沙江、雪山、草地,过了腊子口,现在坐在哈达铺的关帝庙里,安安逸逸地开会。这本身是个伟大的胜利!"毛主席分析了面临的形势和任务,他诙谐地说,感谢国民党的报纸,为我们提供了陕北红军的比较详细的消息:那里不但有刘志丹的红军,

还有徐海东的红军,还有根据地!毛主席代表中央宣布了部队改编的决定,组成中国工农红军陕甘支队,由彭德怀任司令员,毛泽东本人兼政委。支队下属三个纵队:红一军团为第一纵队,红三军团为第二纵队,军委直属部队为第三纵队。

这时,红四方面军还在"南下"的路上,朱德、刘伯承也在这支队伍中,他们在同张国焘的分裂主义做着艰苦的斗争。

我在哈达铺镇参观了红军长征纪念馆,还参观了当年毛主席居住的地方。毛主席住的是商号为"义和昌"的三间平房。我访问了当地的居民,看到毛主席旧居前的小街已经铺了柏油。

据当地老人讲,红军来到哈达铺镇时,这里买卖公平,东西很便宜,一头100多斤的大猪才5块大洋,一只肥羊才2块钱,1块钱能买5只鸡,1毛钱能买12个鸡蛋。敌军逃跑时还丢下了许多大米、白面和小米,红军每个连队都杀猪宰羊,

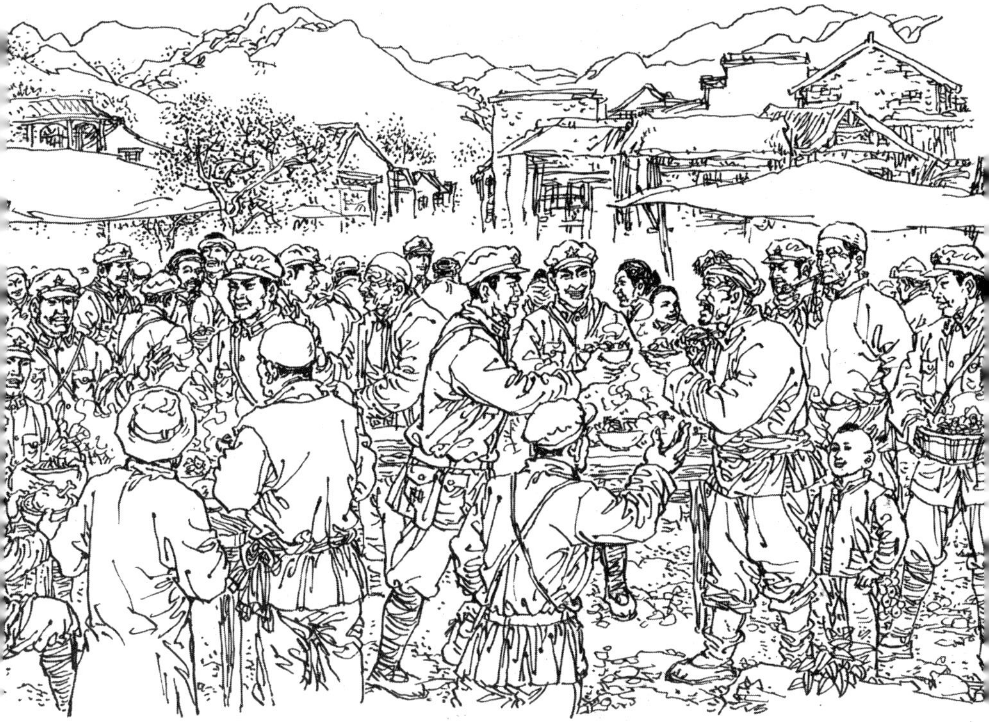

改善生活；大会餐时，请了许多老百姓去吃"客菜"。

我们告别哈达铺镇时，天已薄暮。车子盘旋到山上公路时，我凭车窗回望，但见一间间黄泥小屋，那么平常，那么简朴，可是我们的党就是在这里，作出了关系重大的决断，这决断影响了整个中国革命的前途和命运。

爸爸

1986 年 5 月 2 日

第二十二封信
六盘山上高峰

泉泉：

到了甘肃的隆德，我们就急着上六盘山。这座因红军走过而闪耀着革命色彩的大山，对我们具有极大的吸引力。

六盘山，一般海拔2000米，它的最高峰在《水经注》上叫"美高山"，不仅高，而且美，多么好的山名！可是这里的老乡把这"美高山"叫来叫去，叫成了"米缸山"。老乡们求实，要吃饱饭，想到了米缸。六盘山从东南朝西北走向，横贯甘肃东部，过去叫陇山，以它为界，划分出

陇东、陇南、陇西。

我是坐着车登上六盘山的,如今这里修了盘山公路。我细心地数了一下,六盘山,岂止是六盘,六十盘也有了,拐拐弯弯,车子在山上盘转了无数圈儿。山谷里有几户人家,深深的谷底小道,据说红军走过。

登到半山腰,回看其他的山,其他山就显得很低矮了,大有"一览众山小"之感。在这里眺望它旷无人烟的雄伟的山脊和幽深的沟壑,产生许多感叹。

1935年10月7日凌晨,毛主席指示留一支小部队,在堡子梁据险阻击企图拦截红军翻越六盘山的国民党军队,大部队经王套、后莲花沟,向六盘山疾进。毛主席等领导同志从毛庄村出发,向东南入隆德县境,沿小水沟登上六盘山。其时正是天高云淡的秋日,毛主席在高峰,饱览了六盘山的雄姿,他对张闻天等同志说:"这里可观

第二十二封信

三省,快到陕北了!"正是在这里,他构思了《清平乐·六盘山》这著名的词篇:

天高云淡,
望断南飞雁。
不到长城非好汉,
屈指行程二万。

六盘山上高峰,
红旗漫卷西风。
今日长缨在手,
何时缚住苍龙?

发出了"今日长缨在手,何时缚住苍龙?"的气壮山河的感慨。

一纵队登上六盘山高峰时,聂荣臻、左权等从望远镜里看到,有一股南来的敌人,进入青石

嘴,挡住了去路。毛主席听了聂荣臻政委的报告后,命令:突袭青石嘴,消灭敌人,打开通路。一纵队四个大队立即下山,四大队正面攻击,一大队和五大队两侧迂回包抄,十三大队担任后卫掩护。仗打得很漂亮,俘虏敌军100多人,还缴获100多匹马和许多战利品。马匹使纵队的骑兵侦察连扩建成一个骑兵营;那些俘虏,经过教育,许多都高高兴兴地主动参加了红军。红军乘胜进入固原东山。

转眼间半个世纪过去了,当年红军长征时留下的脚印早已磨灭了,我们想要寻觅当年红军的遗迹实在是太难了。我看到山上有一处正破土动工,在修建红军翻越六盘山的纪念碑。

六盘山的风光这么美好,我们却无心浏览。我们继续向上攀登,有一条路直达最高峰。到了峰顶,我们意外地发现这里竟有人居住和工作。原来这里是宁夏广播电视厅六盘山电视调频转播

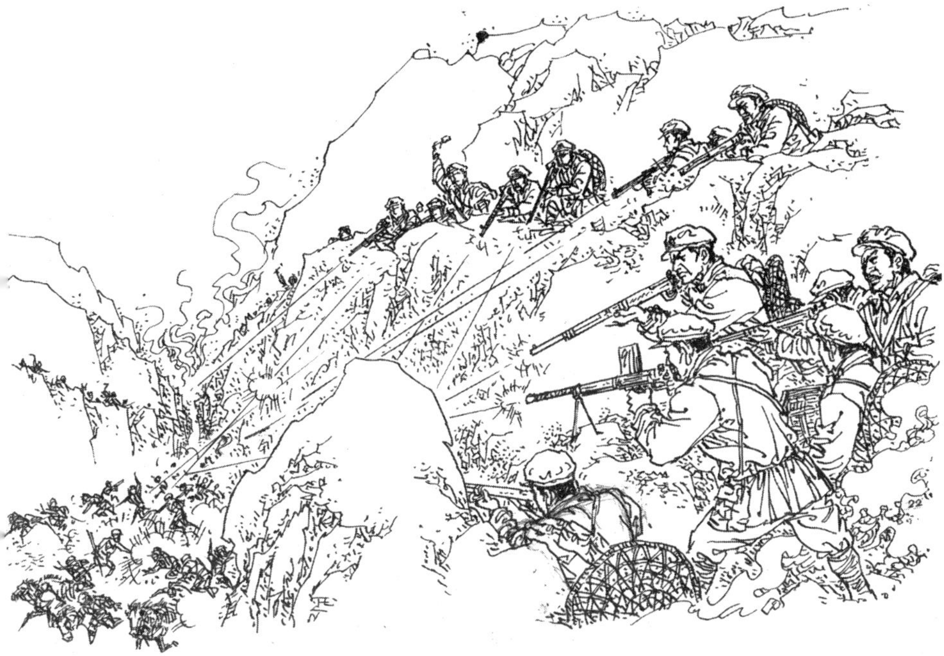

台，共有43人，其中有5位女同志。转播台的领导对我们说："山上经常有雨，有雾，风力最大时达到12级。一场大风曾刮坏了卫星地面站。这里没有生活区，条件艰苦，有5对双职工，孩子上学都成问题……"他们战胜了种种困难，坚持工作，让固原地区5个县的人民群众都能收看到北京和银川播放的电视节目。听着他们的介绍，再看一看耸立在山顶上高67米的电视发射塔，我很是敬佩。这支以专业技术人才为骨干的队伍，从遥远的省会城市开进这人迹罕至的山区，并长年战斗在这多风、多雨、多雾、多雪的峰顶，这使人联想到50多年前从这座山上走过去的那支队伍。我兴奋地对同伴说："在这儿，在六盘山高峰上，我发现了红军的脚印。"确确实实啊，这是红军的脚印……

沿六盘山下去的水叫甜水河，从西吉下去的水叫苦水河。这样，苦、甜两股河水汇流成了渭水，由东向西流去。望着滚滚流去的渭水，我在想，我们的生活，我们的事业，不也像这条河水一样有苦有甜吗？

爸爸

1986年5月5日

第二十三封信

古镇吴起

泉泉：

以前我只是在小说里、在电影里看到过陕北黄土高原的景致，只是从歌曲《信天游》和《黄土高坡》里体会过陕北黄土高原的独特风味，这一切都不可能代替我身临其境的真切感受。

我从宁夏的固原乘车，在高原土路上颠簸了11个小时，才到达红军长征的终点站——吴旗（注：今吴起县吴起街道）。

陕北高原的空旷、雄浑、厚重、古朴，让你不得不惊叹。走很远很远才看到一个村子，而且

第二十三封信

这村子也往往只有几户人家。由于地广人稀、过于寂寞的原因,这里老百姓在赶路时、在劳动中,总愿意喊两嗓子,这就是闻名的陕北民歌,歌音儿拖得很长很长,能传得很远很远。这民歌,一种是"信天游",高亢悠远;一种是"蓝花花",缠绵哀怨。

天下黄河九十九道弯,

九十九道弯上九十九只船……

苦苦菜,花儿香,

挖来野菜度饥荒,

有钱人家酒肉还嫌不香,

穷苦人吃不上一顿糠……

这都是旧社会穷苦的人儿诉说心事唱的民歌。不过,我在这一路上没有听到有人唱民歌,

这越发让人感到憋闷和寂寞。

一路上，我浏览了黄土高原特有的风光。很少看到树木，多一点的是茅盾先生笔下的那种挺拔的白杨，再就是黑心树。与又白又高的白杨恰成鲜明的对比，黑心树又黑又矮又粗，它生长在路边、垴畔，深深扎根于贫瘠的土地中，每隔两三年，人们把它的枝条平头砍光，做烧柴用，然而它不死，来年仍然重新伸展出枝条来。在这高原上，它使白杨减少了孤独，让黑翅膀白肚皮的喜鹊多了栖落之处。但我望着一棵又一棵黑心树，想到更多的是它的象征意义。

吴旗原叫吴起，北面是万里长城，南面是黄帝的陵墓，据说春秋战国时代大将军吴起曾在此地守边陲。吴起带兵有方，爱兵如子，士兵身上伤口化脓，他竟亲口为之吮吸出来。人们为了纪念他，便把这地方唤作"吴起"。

1935年10月19日中午，红军第一纵队到达吴起镇。毛主席、周副主席于下午4点半左右到达。红军战士在吴起镇的一个窑洞口旁边看到"区苏维埃政府"的木头牌子，真是感慨万千。红军队伍依依惜别瑞金的乡亲父老，那里曾是苏维埃的天地，到处挂着苏维埃的牌子，打着苏维埃的旗帜，人们胸前别着苏维埃的徽章，胳臂上套着苏维埃的袖标……一晃过去了一年，革命遭受了挫折，也经受了锻炼。反动派们"围剿"了中央苏区，但扑不灭革命的火种，红军终于到了陕北，到了这新的苏区，这"区苏维埃政府"的牌子，给风尘仆仆的红军指战员们一种到家了的感觉。

吴起镇地处陕甘两省交界，三大沟壑纵横，群山环绕。吴起人形容是"九川一条河"，即头道川、二道川、三道川、乱石头川、颗颗川、宁赛川、白豹川、杨青川、脚扎川和洛河。

到达吴起镇的红军共7200人，而吴起镇当

时的人家只有七户半,加上周围的也只有十来户。老百姓开始没搞清是什么部队,都躲跑了,后来听说来的是中央红军,才从山上跑回来。

毛主席到达吴起镇当天晚上,召集指挥员会议,部署了"割尾巴"战斗。红军进入黄土高原以来,马鸿逵、马鸿宾的骑兵一直尾追骚扰,到了吴起镇,马家军更是穷追不舍。在腊子口遭到惨败的鲁大昌的队伍,也想对红军进行报复。

长征到陕北的红军决定给敌人一次沉重打击,毛主席亲自部署打这一仗。担任前线指挥的彭德怀同志上山观察地形,确定了埋伏地点和行动路线。毛主席对干部做了动员。之后,他对警卫员说:"我要睡一觉。打得激烈你不要叫我,枪声稀疏时叫我。"战斗从21日的7点打响,9点结束。敌人走进我们的半月形包围圈,等他们发觉,已经撤不出去了。两边山上的轻重武器一起打,红军伏兵冲杀出来,敌方马匹受惊后狂

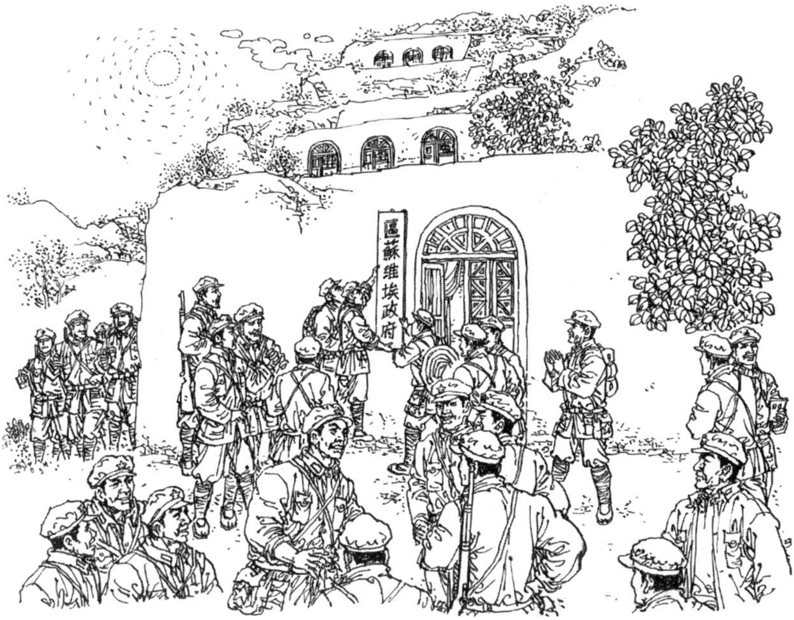
區蘇维埃政府

奔乱跑，敌人纷纷从马背上摔下来，有的脚还套在马镫里就被马拖跑了。红军消灭敌人一个骑兵团，打垮了三个骑兵团，俘获战马200多匹，歼敌四五百人。战场上只打冷枪时，毛主席从床上起来，对警卫员说："走，下山去。我们胜利了！"毛主席高兴地说："步兵打骑兵是一个创举。"各部队分别开了庆功大会。毛主席还写了一首表彰彭德怀同志的诗："山高路远坑深，大军纵横驰奔。谁敢横刀立马？唯我彭大将军。"彭德怀同志看到了这首诗，当即提笔把"唯我彭大将军"改成"唯我英勇红军"。

这是红军长征中的最后一仗。这一仗，宣告了蒋介石"追剿"计划的彻底失败，红军还消灭了附近危害老百姓的"三边土皇上"张廷芝和高七宝的反动民团。老百姓欢天喜地地牵羊赶猪来慰劳红军。那时，红军和老百姓的关系极好，红军尽量不惊扰老百姓，连徐特立、谢觉哉这样的

第二十三封信

老人都在麦地里宿营,还写诗,有"天亮满身都是霜"的句子。

我在吴旗只停留了两天,这个古朴的小镇因红军长征落脚而闻名于世,它至今仍保持着以往的古朴之风,这里的人们,勤劳、好客,待人谦逊、热诚,给我留下了难以忘怀的印象。

为了让家人早知道我已到达陕北的消息,发这封信的同时,我拍了一封简短的电报。

爸爸

1986 年 5 月 6 日

第二十四封信

陕北的窑洞

泉泉：

你知道我在吴旗镇、在志丹县、在延安市住的是什么房子吗？你一定想不到，让我兴奋地告诉你：我住的是窑洞，是陕北的窑洞！

陕北高原的地形很怪，土山土岭多。从沟壑和峡谷往上看，都是陡坡悬崖，有时高十丈百丈。可是你爬上去之后，那陡坡悬崖上也许又是一处方圆几十里的塬。溪流和河道两旁，水土流失，泥沙淤积，就形成宽宽窄窄的坪坝。

窑洞，就挖在这类山崖、沟畔、背山临水之

处。把向阳那面坡从半腰里竖着切齐，切到正面看像是土墙似的，再用开隧道的办法从土墙挖进去，如挖城门，像一间房子那么大，这就是窑洞的雏形。洞口再垒窗台，安窗户，装门框，上门。门窗横过上边的拱形部分，用窗棂结构成各种图案，成为顶门窗。这种窗子使窑洞里十分敞亮。窑洞从山腰挖起，一层一层往山顶挖去，随着山崖的形势挖成排，像一层又一层的土楼，远看仿佛我见过的龙门石窟一排排小小的佛龛。每排窑洞前，用削山和打窑的土垫成一片平地，也是路。

红军多是南方人，江西、湖南、四川等地的居多，他们来到陕北，也入乡随俗，和当地老百姓一样，用锹、镐、抬筐和推土的小车，自己动手，凿打出许多的窑洞。毛主席和其他党中央领导同志在陕北的窑洞里一住就是13年。毛主席在窑洞里同党和军队的其他领导人商议了许多

关系中国革命前途的大事,毛主席在窑洞里会见工农群众、战斗英雄,在窑洞里同斯诺、斯特朗等许多外国朋友谈天说地,在窑洞里,在微微闪亮的煤油灯下,写出了一篇篇重要的文章。在这13年里,我们党领导全国人民胜利地进行了抗日战争和解放战争,系统地总结了我国新民主主义革命的丰富经验,提出了统一战线、武装斗争、党的建设三大法宝,培育了自力更生、艰苦奋斗的延安精神和理论联系实际、实事求是、密切联系群众、批评与自我批评等一系列优良传统和作风。陕北13年,是中国革命从挫折走向胜利的13年,是党领导全国人民艰苦创业的13年,是我党历史上光辉的一页。这一页是由红军长征胜利掀动的。

我参观了毛主席在吴旗时住的那个窑洞。这窑洞坐落在吴旗东北山脚下。毛主席住在左起第二孔小窑洞里。门前有两棵常青的柏树,院里新栽了六棵翠绿的小松树。院中有一眼井,已枯干,但边上新安了自来水。毛主席到达这里时是42岁,正是风华正茂的时候。

中央红军同刘志丹、徐海东同志率领的红军队伍会师时,曾隆重集会。当年与会的老红军仍记得那天天上下着大雪,空气特别清爽,正是11月7日俄国十月革命纪念日的前一天。毛主席在会上做了精彩的演讲。

红军主力从瑞金等地出发,到达陕北,走了12个月零两天,经过了江西、福建、广东、湖南、广西、贵州、四川、云南、西康、甘肃、陕西,共11个省,爬过18座大山,其中5座终年积雪,涉过24条河流,占领大小城市62座,开进和通过6个少数民族聚居地区,突破10个地方军阀的封锁包围,打败了追击的20余万国民党中央军。这是历史上没有过的。

在毛主席居住过的坚实的窑洞前,我想起毛

主席关于长征的如同优美动人的散文诗的一段论述：

讲到长征，请问有什么意义呢？我们说，长征是历史纪录上的第一次，长征是宣言书，长征是宣传队，长征是播种机。自从盘古开天地，三皇五帝到于今，历史上曾经有过我们这样的长征么？12个月光阴中间，天上每日几十架飞机侦察轰炸，地下几十万大军围追堵截，路上遇着了说不尽的艰难险阻，我们却开动了每人的两只脚，长驱2万余里，纵横11个省。请问历史上曾有过我们这样的长征么？没有，从来没有的。长征又是宣言书。它向全世界宣告，红军是英雄好汉，帝国主义者和他们的走狗蒋介石等辈则是完全无用的。长征宣告了帝国主义和蒋介石围追堵截的破产。长征又是宣传队。它向11个省内大约两万万人民宣布，只有红军

第二十四封信

的道路，才是解放他们的道路。不因此一举，那么广大的民众怎会如此迅速地知道世界上还有红军这样一篇大道理呢？长征又是播种机。它散布了许多种子在11个省内，发芽、长叶、开花、结果，将来是会有收获的。总而言之，长征是以我们胜利、敌人失败的结果而告结束。谁使长征胜利的呢？是共产党。没有共产党，这样的长征是不可能设想的。中国共产党，它的领导机关，它的干部，它的党员，是不怕任何艰难困苦的。

我觉得毛主席的洪亮的声音至今仍响在我的耳边。

窑洞，陕北的窑洞啊，你是孕育新中国的摇篮啊！

我满怀着激动，在窑洞前照了一张相。

我很快就从这里返回了，你等着迎接爸爸

吧。我将带给你一件你喜欢的小礼物……

爸爸

1986 年 5 月 7 日

24

尾声

归来时的礼物

爸爸从长征路上回来了,脸晒黑了,人也瘦了许多,但那双眼睛更加炯炯有神。

泉泉欢喜地迎接爸爸,那个大背囊比走的时候沉重多了,泉泉从爸爸手里接过来,简直都拎不动了,可见爸爸这次远行收获多么巨大。在背囊外面有一个边儿宽大的油纸大竹斗笠,上面有一颗红色的五角星,还标着"江西瑞金"几个黑字,这是爸爸从老根据地出发时,当地老表赠给他的,还有一双草鞋。爸爸说,这两件东西在路上都没用上,也有点舍不得用,更舍不得丢掉,因为在这两件东西上,寄托着老

尾声

区群众深深的情意和殷殷的嘱托。

爸爸背回了很多资料,都是长征路上一些市县铅印、油印的文字和图片,还有他自己写得满满的一摞儿采访笔记本,加上一卷又一卷彩色的、黑白的胶卷,有的在路上冲洗出来了,多数没有冲洗。(编者按:那个年代拍照片必须用相机和胶卷,胶卷要冲洗出来加印照片,胶卷分彩色和黑白两种。彩色胶卷很贵重稀少。)

泉泉很感激地告诉爸爸,一路上爸爸写给他的信他都及时地收到了。不仅他,连周围的同学们都把读长征路上的来信当成生活中的一件大事。在班主任的建议下,泉泉所在的少先队中队,专门召开了"朗读长征路上的来信"的主题中队会,由课外朗读小组分工朗诵这些信,然后少先队员们纷纷走上讲台,用讲演的方式发表感想和体会。校长也来参加这个中队会,其他各中队也都派代表出席。电视台还来

人拍了新闻呢!

爸爸听了这个消息非常高兴,没等泉泉问及礼物的事,就从背囊里取出黑色的小文件包,里面有一个大本子。爸爸把这个本子郑重地交给了泉泉,微笑着说:"这是我给你的礼物!"

泉泉接过本子,一篇篇地翻,爸爸走过的长征路,每一个地方占一页,每一页都写着一首小诗,内容完全是关于那个具有纪念意义的地方的。特别让泉泉这个小小集邮爱好者高兴的是,在每首小诗的右上角,都盖着当地的邮戳:瑞金、于都、遵义、安顺、茅台、冕宁、哈达铺……泉泉数了一下,一共三十几个。泉泉退后几步,给爸爸敬了个少先队员的举手礼,然后扑到爸爸怀里,喊着:"爸爸真好!爸爸说话算数!谢谢爸爸!"

泉泉翻到那个大本子的最后有字的一页,右上角盖着"延安"的邮戳,上面是爸爸用碳

尾声

素墨水流利地草写出的一首诗:

日也思,夜也盼,
千里万里扑向宝塔山。
陕北是红军长征的终点,
又是革命事业崭新的开端。
窑洞里纺线,南泥湾种田,
延安,光明新中国的摇篮。
滚滚延河水奔腾东去,
红军长征精神代代相传!